大家族四男

兎田士郎の喜憂な日常

日向唯稀／兎田颯太郎

この作品はフィクションです。
実在の人物・団体・事件などに
一切関係ありません。

大家族四男・兎田士郎の喜憂な日常

contents

＊第一章＊

希望ケ丘の大家族

ＪＲ新宿駅から快速電車で約三十分、そこから私鉄線に乗り換えて約十分。

都心への通勤・通学圏内に作られた新興住宅地には、大小無数のベッドタウンが存在していた。

そして、その一つである希望ヶ丘町《きぼうがおかちょう》には、この春十歳になった高ＩＱ《アイキュー》の天才児・兎田士郎《とだしろう》が住んでいる。

ビデオカメラのような記憶力、それを操作処理する学習能力、これらを維持し続ける容量までもが膨大で、彼を「歩くコンピューター」「今なら高性能スマートフォン」と例えた教師たちがいるほど、兎《と》にも角にも頭がよくて切れ者だ。

それこそ、見た目も実年齢も子供だが、頭脳は大人を軽く超えた神童《しんどう》。

ただ、その偉大な存在は、どうしてか埋《う》もれがちだ。

なぜなら――。

「七生《ななお》！　にゃんにゃんエンジェルズの時間だぞぉ！」

「あいちゃー！」

士郎の一家は、上は二十歳から下は一歳四ヶ月半までの男子ばかりが揃う七人兄弟の子だくさん。

昨年母親が不慮《ふりよ》の事故で他界しているため父子家庭だが、それでも合計八人の大家族。

しかも、近隣界隈《かいわい》で「キラキラ大家族」の愛称で慕《した》われているような、美形男子ばかりが揃う家族。

多少のずれはあるものの、約三年周期で生まれている兄弟はこんな感じだ。

「にゃん・にゃん・にゃん♪」

「にゃん・にゃん・にゃ・にゃん♪」

長男・寧《ひとし》。美形で優しく女神のような二十歳。

この春で社会人二年目になった、母親代わりの万能主婦。

弟たちを愛し愛される、自他ともに認める超ブラコン。

「にゃん・にゃん・にゃん♪」

「にゃん・にゃん・にゃ・にゃん♪」

次男・双葉《ふたば》。美形だがやんちゃで調子のよい性格が前面に出る高校二年生。

勉強とアルバイトで明け暮れる中、それでもしっかり家事育児に参加している兄弟思い。

上を見て育った期間が一番長く、長男を最初にブラコンにした本人なので、当然ブラコン。

「にゃん・にゃん・にゃん♪」

「にゃん・にゃん・にゃ・にゃん♪」

三男・充功《みつぐ》。美形でカッコよく、悪びれた迫力さえある中学二年生。

思春期真っ盛りで年中無休の反抗期。本人は認めないがかなりのツンデレで、しょうがねぇから子守してるんだよ！　が口癖《くちぐせ》の一つ。

だが、持って生まれた資質には逆《さか》らえず、捻《ひね》りのかかったブラコン。

「にゃん・にゃん・にゃん・にゃん♪」

「にゃん・にゃん・にゃん・にゃ・にゃん♪」

四男・士郎《しろう》。美形で超インテリな小学四年生。

兄弟唯一の眼鏡っ子だが、この時点ですでに埋もれ始めている。

運動は苦手だが、冷静沈着で品行方正。

しかし、揺るぎない遺伝子の影響なのか、やっぱりブラコン。

「にゃん・にゃん・にゃん・にゃん♪」

「にゃん・にゃん・にゃん・にゃ・にゃん♪」

五男・樹季《いつき》。美麗だが、可愛い寄りのフワフワとした小学二年生。

とにもかくにも可愛い屋さん。可愛くおねだりすれば、世の中をスイスイと渡り歩けるであろうことを本能的に察知し、そしてナチュラルに実行する小悪魔。

なるべくしてなったブラコン。

「にゃん・にゃん・にゃん♪」

「にゃん・にゃん・にゃ・にゃん♪」

六男・武蔵《むさし》。美形・カッコいい園児で年中さん。

性格的には兄弟で一番の男前。朝に弱く、寝起きが悪いのが玉にきず。

発症が最近なのでまだ自覚が薄いが、御多分《ごたぶん》にもれずブラコン。

「にゃん・にゃん・にゃん♪」

「にゃん・にゃん・にゃ・にゃん♪」

七男・七生《ななお》。すでに美形とわかる一歳四ヶ月半。

都心に出れば、芸能プロダクションからスカウトを受けたことさえある美ベイビーで、末っ子最強・一家の天使。人懐《なつ》こくて愛嬌《あいきょう》もあり、近隣界隈ではすでにアイドル。

誕生・生活環境からして、もはや回避不可能だが、早くも筋金入りのブラコン。

一番好きなのが母親代わりの寧で、日夜「ひっちゃ。ひっちゃ」の喃語《なんご》攻撃で、長男の超ブラコンを更にパワーアップさせている。

と、ここまできたら、天才・神童の四男はどこへいった!?　と、聞こえてきそうな状態だ。

武蔵と七生が歌い始めた辺りから、全部持っていかれているかもしれないが――。

「にゃん・にゃん・にゃん♪」

「にゃん・にゃん・にゃ・にゃん♪」

ちなみに、この七人兄弟。手っ取り早い覚え方は、ひー、ふー、みー、よー、いつ、むー、なー。

親類縁者、知人友人関係者からも、咄嗟に名前が出てこないときは、何番目呼びをされている。

だが、そこは仕方がない。本人たちも納得の人数だ。

しかも、この兄弟は年齢と性格に違いはあるものの、微笑か溜息しか出ないほど全員が父親似で、ピーナッツどころかサヤエンドウかグリンピース。

その大本たる父親・颯太郎《そうたろう》は、七人の子持ちでありながら三十九歳の現役バリバリの美形男性。周囲に「キラキラ大家族」と呼ばせる一家を、亡き妻と誕生させた「キラキラパパ」だ。

身をもって美少年が美青年に、そして美中年になることを証明。なおかつ、後続で成長していくであろう麗《うるわ》しの息子を、七人も世に送り出している女性の夢と希望の結晶だ。

それこそ、何も知らずに道ですれ違った女子園児からOL・人妻までもが思わず二度見。持って生まれた煩悩《ぼんのう》からか、目が正直なのか、振り向きざまに「キュン」「グッジョブ」「ナイス」「あなた赦《ゆる》して」と、自然に呟いてしまうほど、母性と種族保存本能を揺り動かす存在だ。

そう――。

父親一人でもキラキラなのに、そこへ年代別のグラデーションがかかった七人の息子たちが集《つど》うのだから、キラキラしていないわけがない。

いつの頃からかこの家長を含めた一家に関しては、〝スマートフォンでの勝手な撮影はご遠慮ください〟と町内規約で決められたほど。最近では〝撮影禁止〟にまで強まり、最寄り駅周辺一帯まで、マイ・シティ・ルールとして広がりをみせている。

まさに、希望ヶ丘の夢と希望そのものだ。

徒歩で会いに行けるアイドル、心の癒《い》やしとして、根強い人気を誇っている。

よって、天才・士郎は確かにすごい神童なのだが、身内のキラキラ具合もすごすぎて、霞《かす》みはしないが埋もれてしまう。

ダイヤモンドの中にダイヤモンドを置いても、目立たないのと同じ原理だ。

むしろ、士郎が率先《そっせん》して目立つときは、彼の知性や知恵が生かされるような場面、問題が起こったときに多いので、それは誰も望まない。

士郎本人も望んでいないので、家族の中に埋もれて好きに勉強をしているのが、一番幸せということだ。

士郎にとっても、家族にとっても。

「にゃ・にゃー♪」

「にゃーっ！」

そして、こんなキラキラな兎田家からは、日曜の朝になると決まって「にゃーにゃー」歌う声がする。

現在大ヒット放送中の魔法系美少女アニメ、「聖戦天使・にゃんにゃんエンジェルズ」の原作者兼シナリオライターが颯太郎の仕事だからだ。

「終わった？　はい。お話はちゃんと座って見るんだよ」

「じっちゅー」

「わーい。ひとちゃん。ありがとう！」

アニメそのものは間違いなく〝女児向け〟なのだが、最初から最後まで「にゃんにゃん」だけを繰り返すオープニングは誰にでも覚えやすく、また洗脳されやすいのか、武蔵と七生は喜んで歌い、踊る。

そうでなくても幼児がクルクル回っているだけでも微笑《ほほえ》ましいのに、それをパワーアップさせるのが、オムツでぽってりした七生のアヒル尻だ。

縦にフリフリ、横にフリフリ、ときには斜めった捻りも加わるところが、なかなかの技ものだ。

これには兄馬鹿邁進中《まいしんちゅう》の寧だけでなく、自然と兄弟全員が微笑んでしまう。

士郎も自分専用のノートパソコンの画面からチラッと目をそらしては、「ふふ」だ。

ダイニングからリビングの様子を眺めていた颯太郎にいたっては、普段からニコニコとしているのに機嫌のよさがまして、その微笑は最高ランクのキラキラ――。

ただし、忘れ形見《がたみ》の子供たちは目に入れても痛くないが、七人もの子供を一緒にもうけた妻だけは別格だ。

（蘭《らん》さん。今日も子供たちは元気いっぱいだよ。七生もちゃんと育ってるよ）

一周忌を過ぎたぐらいでは、その愛に髪の毛一本ほどのヒビも入らない。

颯太郎は、身も心も姉さん女房だった蘭に心酔《しんすい》、いつまでもラブラブだ。

「――あ、そうだ」

そんなときだった。

ふと、颯太郎が何かを思い出して動いた。

一階から二階へ、そしてそこから仕事部屋兼寝室になっている屋根裏部屋まで上がると、菓子箱が入った大きめの紙袋を手に、リビングへ戻る。

「これ、もらったんだった。みんなで食べて」

袋から出した箱には、ドラゴンと剣の絵が描かれている。

昔からあるタイプのバトルカード入りのチョコレート菓子で、いわゆる卸売《おろしう》り用。一箱二十個入りなので、大人の箱買いでしか見ないものだ。

これをリビングテーブルに二箱出したものだから、武蔵と樹季が立ち上がる。

「あ！　ドラゴンソード!!」

「バトルカードが入ったチョコだ！　それもいっぱい！　お店でしか見ない箱だ!!」

こうなると「にゃんにゃん」どころではない。

やはり男の子だ。宝の山を積まれたも同然で、狂喜乱舞《きょうきらんぶ》する。

「ちょっちょー」

まだバトルカードの価値はよくわからない七生も、中身がチョコレート菓子なのはわかるためか、大興奮。テーブルに両手をついて、ピョンピョン跳ねる。

「どうしたの、これ？」

大量、箱買いは常だが、当家では意図して購入することがない種類の菓子。

不思議に思ったのか、士郎が尋ねた。

「一昨日出た打ち合わせ兼食事会に、ラブラブトーイの担当さんが飛び入りしてね。それで、自社製品ですけどよかったらお子さんたちにって、差し入れてくれたんだ」

颯太郎の説明に、全員納得。

持つべきはアニメ原作の父親、そしてアニメ番組のスポンサー、おもちゃ会社の強力なバックアップだ。

「そうだったんだ。いつも有り難いね。寧兄さん」

「うん。今度何かお礼しないとね。父さん」

「そうだね。また近いうちに打ち合わせで会うから、そのときに何か持って行くよ。この笑顔と一緒に」

だが、そんな環境に決して甘え、溺れたりしないのが、士郎を含めた兎田一家。

颯太郎はすかさずスマートフォンを取り出し、チョコレート菓子を手にキラキラとした笑顔を輝かせる樹季、武蔵、七生の姿を写真に撮った。

そのままCMに使えそうなほどのナイスショットだ。

「わーい！　ドラゴン♪　ドラゴン♪　ドラゴンソード♪」

「お父さん。開けていい？」

まずはパッケージを堪能したのか、いよいよ中身と対面だ。

武蔵と樹季が小さな胸を高鳴らせているのは、チョコレート本体よりバトルカード。イラストが可愛く、また綺麗でカッコいいことで定評だからだ。

「いいよ。ただし、一度のおやつに一人一つだよ。食べ過ぎは駄目だから、そこは守ってね」

「はーいっ」

颯太郎の言いつけにもちゃんと従い、樹季、武蔵が手にした一つを開け始める。

それを見ていた充功が、プイと顔を反《そ》らして、

「何が、ドラゴンソードだよ。俺はいらねえから」

「それを言うなら、俺の分はやるから。だろう」

即座に双葉に突っ込まれて、ムッとした。

「本当！　ありがとう。みっちゃん！」

「うっせえよ」

「損な性格」

「なんだって!?」

更に士郎にいじられ、とうとう立ち上がるも、寧や颯太郎に「まあまあ」と諫《いさ》められる。

もともと怒る気もないので、充功はかえって立場がない。

「なんでもない。あ、僕の分も先のおやつに取っといていいよ。糖質摂取は十分足りてるから」

「ありがとう。しろちゃん!!」

そうして充功に習うように、士郎もお菓子は辞退した。

「事実なんだろうけど、糖質摂取が足りてるって表現もどうだかな」

「まあ。それはそれってことで。あ、俺と双葉の分も取っといていいからね」

ここまできたら、さも当然のごとく寧と双葉も辞退だ。

四十個のチョコレート菓子は、今日から当分の間、樹季、武蔵、七生のおやつとなり、バトルカードに関しては樹季と武蔵で共有だ。

「きゃーっ！　ひっちゃぁぁぁ」

「ありがとう。ひとちゃん！」

「双葉くんも、ありがとう!!」

おそらくこうなるだろうと予想し、丸ごと出した颯太郎も至極《しごく》ご満悦。

それからしばらく兎田家では、ちびっ子たちの「ドラゴンソード♪」ソングが響き渡って、士郎の勉強の邪魔をした。

しかし、たまに外へ漏れるその声に、燐家の老夫婦を始めとする通りかかったご近所さんたちは、自然と癒やされた。

ほっこりとした気持ちになるのだった。

＊第二章＊

激突！　ドラゴンソードバトル

1

遊歩道には、季節を愛《め》でる草花が多く植えられていた。
今の時期は満開の桜の花びらが風に乗り、雪のように散っていく姿が美しい。
枝には入れ替わるようにして、新緑が茂り始める新学期。四月もすでに折り返しだ。
「いっちゃん、早く帰ってこないかな〜。今日はなんのカードが出てくるかな〜」
思いがけない差し入れをもらった樹季と武蔵と七生は、毎日がご機嫌だった。
日曜日から開封を始めて、手元には十五枚のカード。
金曜日となった今日は、六回目の開封にして、十八枚のカードになる。
だが、その反面お菓子の残りが少なくなっていくのがとても残念だ。
どこまでも欲望に忠実で正直——それが子供だ。
「カッコいいドラゴンが出てくるといいな〜」
それでも新たな開封に期待が高まることはあっても、減ることはない。
樹季より一足先に幼稚園から帰宅した武蔵がじっと眺めているのは、キッチンストッカーに置かれたバトルカード入りのチョコレート菓子・ドラゴンソード。

そもそもこれは、国内屈指の老舗《しにせ》玩具メーカー・ラブラブトーイが世に送り出したオン＆オフライン両用の対戦型カードゲームがもとになっているもので、チョコレート菓子とのセットは下町の菓子メーカーを抱え込んでのコラボ版だ。

オンラインが主流の公式ルールでバトルをするなら、カード本体のみのセット売りがお買い得。

だが、小さな子供がおやつのついでに数枚を手にして遊ぶなら、お菓子版でも十分だ。

こうしたオフライン用の簡単な遊び方が存在することで、幅広い年齢のプレイヤーとファンを増やして、発売から半年後には爆発的ヒット。

一年が過ぎた今も右肩上がりの売れ行きで、近々《ちかぢか》アニメ化、映画化もあるのではないかとファンの間でも囁かれている。

「ただいまーっ」

――と、玄関先から樹季の声がした。

武蔵が急いで走っていく。

「いっちゃん、お帰りっ！　おやつ、おやつの時間だよ！」

「うん!!」

顔を合わせるなり、二人は目がキラキラと輝いた。

あうんの呼吸で子供部屋のある二階へ行き、まずは樹季がランドセルを下ろす。

そして、その足で二階フロアから屋根裏部屋に繋がるロフトデッキを上がっていく。

「ただいま！　お父さん。今いい？」

樹季がこっそり、遠慮がちに声をかける。

今の時間、七生は昼寝で颯太郎は仕事中だった。この状況を見ても、武蔵が樹季の帰りを心待ちにしていたのがわかる。

以前なら母親である蘭を独り占めにできたであろう貴重な時間。

しかし、今は——だ。

ただ、こうした状況が、兄弟の中で一番甘ったれで内気な樹季を、少しずつだが変えていた。帰宅してから颯太郎が夕飯の支度を始めるまでのわずかな時間だが、率先して武蔵の面倒を見るようになっている。

「ん？　お帰り樹季。どうしたの？」

颯太郎が振り返ると、樹季が床の出入り口からひょこっと顔を出す。

子供たちが見せるこの〝ひょこっと〟にも個性があり、充功あたりだと〝がばっと〟になる。

士郎あたりだと〝するっと〟現れるし、武蔵だと〝ひょこひょこ〟。

七生だと〝てへてへ〟になり、些細《ささい》なことだが、この愛らしさの違いが多忙な颯太郎の疲れを癒やしてくれる。

さすがに寧や双葉あたりは〝さらっと〟半身、全身まで上がってきての顔見せになるが、いずれにしても微笑ましい仕草や行動の一つだ。

「今日もおやつに、武蔵とバトルチョコを開けてもいい？　七生の分は七生が起きてから開けさせるから」

「いいよ。わざわざ報告をありがとう」

「はーい！」

樹季は、気をよくした颯太郎から笑顔で快諾《かいだく》をもらい、ニコニコ具合が倍増する。

「武蔵、いいってよ！」

「やったー」

すぐにデッキを下りて、わくわく顔で待つ武蔵と一緒に、一階へ向かった。

そうしてキッチンストッカーにしまわれた箱を出して、袋をひとつずつ選ぶ。

「今日は何が出てくるかな？」

「楽しみだね」

箱をきちんとストッカーに戻した樹季が、プラスチックのコップを二つ、そして武蔵が牛乳を冷蔵庫から取り出して、リビングテーブルに着く。

「じゃあ、開けよう」

「うん！」

ここまで来ると、出すだけ出した牛乳はそっちのけだ。

二人は並んで座り、ドキドキしながら開封した。

ドラゴンソードと銘打っても、ドラゴンやソードが描かれたカードが出てくることはかなり稀《まれ》で、大概は他のモンスターやらアイテム、魔法カードが出てくることが多い。

だが、何が出てきても嬉しい、楽しいのがこの二人。ようは、開けることそのものが楽しみだからだ。

「あ、黄色いムニムニだ」

樹季の袋からは、弱小のモンスターのカードが出てきた。

現在出現率一割五分を誇るムニムニは、昆虫タイプの芋虫モンスターだったが、つぶらな瞳にコロっとしたルックスがとても可愛く描かれているため、キャラクター的には人気がある。キャラクターグッズやぬいぐるみの売り上げはダントツの一位だ。

また、いろんな色のタイプがあるのもコレクター心をくすぐる要素で、樹季が目をキラキラさせたのも、まずはレインボーカラーを集めることを楽しみにしていたから。

しかし、そんな樹季の隣で突然武蔵がビクリと身体を震わせた。

「うわぁぁぁっ！　いっちゃん。ドラゴンが出てきたよぉ‼　剣も描いてある！　キラキラだよぉ」

全身を震わせて、出てきたカードを樹季に見せた。

「本当だ！　プラチナドラゴンソードだ！　今、出てる剣と守護神龍の中でも一番強いタッグの、超激レアのカードだよ！　ソードとドラゴン、二枚分の攻撃力が一枚で使えるし。神カードだよ！」

子供雑誌やインターネットでしか見たことがない、都市伝説かと疑うようなカードを目にして、樹季の声も裏返った。

レアの上に超と激がセットでつくだけあり、カード自体にホログラム加工もされていて、やはりムニムニのそれとは違う。

イラストも流麗《りゅうれい》な仕上がりで、何よりちゃんとゲームのタイトルがわかる剣とドラゴンがセットで描かれ、これまで見てきたカードとは逸していた。

幼い子供が見てもひと目でわかる。

「すごい。すごい。すごーい」

こうなると、チョコレート菓子も牛乳もそっちのけだ。

武蔵はカードを両手で頭上にかざして、クリクリとした双眸をいっそう見開いた。

「いっちゃん。これ、ひとちゃんにサンタさんしてもいい？」

だが、感極まって出てきた言葉はこれだった。

「サンタさんって、プレゼントのこと？」

「うん。前にドラゴンを上げたら、ありがとうって。カッコいいねって笑って、ぎゅーぎゅーしてくれたから」

樹季に確認されて、武蔵が大きく頷く。

「いいよ、いいよ。武蔵が当てたんだもん。寧くん、すごく喜ぶよ！　絶対に嬉しいって言って、前よりいっぱいギューギューしてくれる。双葉くんもみっちゃんも、みーんな大賛成だと思う」

「うん！」

この辺りの発想は、寧が大好きな武蔵と樹季ならではだった。

下手をすれば兄弟同士で熾烈《しれつ》な争いや、奪い合いが起こりそうな超激レアカードだが、だからこそのプレゼント。

特に武蔵は、まだ〝お小遣い〟をもらっていないので、こうしたおまけで手に入れた品が、家族への愛情アプローチに繋がっている。

超激レアカードを眺め続けることより、寧の笑顔とハグでギューギュー、そして「ありがとう」「嬉しい」のほうが宝物ということだ。

やはり、六男ながらブラコン街道まっしぐらだ。

とはいえ――。

「カッコイイね～」

「強そうだね～」

今だけは目の前で輝く超激レアカードに、二人は大興奮だった。

「キラキラだね～」

「う～ん」

樹季と武蔵は、しばらくテーブルの上に置かれたそれをじっと眺めて、ふへへへ～と笑い合う。

そしてそれは、次なる帰宅者・士郎が帰ってくるまで、

「二人とも。牛乳を出しっぱなしにしたら駄目じゃないか」

「ご、ごめんなさーいっ」

ガツンと叱られるまで続いたのだった。

2

武蔵が超激レアカードを引き当てた翌日、土曜のこと。

寧は、仕事の都合で休日出勤になり、朝が早かった。前夜も仕事で帰宅が遅く、武蔵は

すでに寝てしまっていた。超激レアカードをプレゼントするどころか、顔さえ合わせていない。

そして、双葉は予定通りのアルバイト。

士郎は大手進学塾主催の全国小学生・高学年対象の一斉テストに招待されて参加。やはり朝から家を空《あ》けている。

しかも、昼からは颯太郎まで仕事の打ち合わせで外出だ。

「じゃあ、充功。行ってくるよ。何かあったらすぐに連絡するんだよ。一応、お隣にもお願いしてあるけど……」

「大丈夫だって。そのためにエリザベスにも来てもらったし」

「バウン！」

「そうか。なら、よろしく頼むね」

樹季と武蔵と七生は夕方まで、充功や隣の老夫婦に飼われているセントバーナードのエリザベスと一緒に、留守番をすることになった。

ちなみにエリザベス五歳は、名前に反して雄《おす》だ。

兎田家が越してきたときから溺愛する隣の老夫婦、亀山一《かめやまはじめ》と花《はな》が、子供たちとの交流を深めるために飼うことを決め、ブリーダーに依頼。到着する前に、子供たちに名付けを依頼したのだが、子犬の写真だけを見た寧たちがあまりの可愛さから女の子と勘違い。

当時末っ子だった樹季二歳も「えったん」と覚えてしまった上に、蘭が気合いの入ったシルバー製のネームプレートまでオーダーして、子犬の到着時に合わせて完成させてしまった。

その結果――。

エリザベスはピエールにもフランシスにも変更されずに、当然エイタロウにもなれずにエリザベスを貫くことになった。

〝えったん。えったん〟

〝パウパウ〟

〝ごめんね、エリザベス。本当に、すみません〟

〝気にしないで、兎田さん。エリザベスなんて可愛いじゃない。ねえ、おじいさん〟

〝ふむ。もはや他には考えられんわな。ほっほっほ〟

しかし、そんなアクシデントがあったことが逆に隣家同士の距離を一気に深め、垣根をなくしたがごとく親しくなり、エリザベスは子供たちからも溺愛されて、まるで兄弟のように育っている。

「じゃあ、みっちゃん。行ってくるね」

「おう。気をつけるんだぞ」

「はーい」

ただ、充功が留守番と子守を覚悟するも、樹季と武蔵は近所の子供たちに誘われ、午後から外遊び。公園へ出かけてしまった。

残った一人――ちょっと目を離すと、意外とあれこれやらかしてくれる七生に対しても、今日は完璧なシッター役のエリザベスがいる。

「えったん、もふもふねー」

「バウバウ」

昼ご飯も三時のおやつも、颯太郎が人数分用意してくれていた。

何より状況を知る寧からも、数時間おきにメールが入る。

充功にとっては、さほど大変な一日ではなくなった。

「楽勝じゃん。ほら、七生。エリザベス。おやつにするぞー」

「あーいっ」

「バウバウ！」

「みっちゃ、抱っこー」

「バウンバウン」

いつもは寧にべったりな七生とエリザベスが、今日は充功にべったりだった。絵に描いたような「こんなときばかり」だったが、これに充功が怒ることはない。

「しょうがねぇな。今だけだぞ」

「きゃーっ。みっちゃ、すーよーっ」

「はい。はい。はい」

返事は素っ気ないが、充功は七生の希望通りに抱っこする。

そしてオムツでモコモコしたアヒル尻をポンポンしながら、

「みっちゃ、みっちゃねー♪　らんら♪　らんら♪　らーん♪」

「なっちゃ、なっちゃねー♪　らんら♪　らんら♪　らーん♪」

なんと、一緒に歌った！

「バウーン♪　バウーン♪」

これは七生とエリザベスだけが知る充功の秘密だ。

七生が誘い上手な小悪魔なのか、充功が超ツンデレなのかは微妙なところだ。

きっと、両方なのだろうが――。


瞬く間に四時を過ぎた。日が延び始めているためか、まだ外は明るい。

しかし、ここで想定外のことが充功に、いや兎田家に降りかかることになる。

「ただいまぁ……」

「うわっっっん」

「武蔵、泣かないでよ。僕も泣きたくなっちゃうよぉ～」

樹季が大音量で泣き叫ぶ武蔵の手を引き、帰宅した。

「バウバウッ」

「むっちゃ？」

その声に驚いて玄関まで飛び出したのは、エリザベスと七生。

結局のところ、七生やエリザベスと遊び疲れた充功はリビングのソファに突っ伏したまま、寝てしまっている。

「うわーんっっっ」

「武蔵……。僕も、うあーっん」

「ひゃっーっ！」

武蔵どころか樹季まで泣き出したものだから、慌てて七生がリビングへ引っ込んだ。

「むっちゃ、いっちゃ、えーんよぉぉぉ」

しかも、これは一大事とばかりに、七生は文字通りに充功をたたき起こした。

容赦なく充功の顔を、両手でペンペンペン！

「痛い、痛い、痛い。やめろよ、七生」

「バウバウ！」

「なんだよ、エリザベスまで」

トドメに着ていたパーカーのフードをエリザベスに引っ張られて、ソファから落とされた。

充功の目の前には、玄関から移動してきた樹季と武蔵が顔をグシャグシャにして立っている。

「――何？　どうした？　何、泣いてんだよ。喧嘩《けんか》でもしたのか？」

「みっちゃん……」

「みっちゃーんっっっ」

鼓膜が破れるかと思うほどの大音量で、二人が泣き叫んだ。

充功は耳を塞ごうにも、二人に抱きつかれて、手も足も出ない。

「だから、どうした？」

「うぁぁぁぁんっ」

充功がどうにか理由を把握できたのは、それから五分後のことだった。


「ドラゴンソードのレアカードを取られた？」

「ううん……。超激レアカード。レアカードより、すごいすごいカード」

しゃくり上げながら説明したのは、樹季だった。

武蔵はよほどショックなのか、充功にしがみついたまま全身をヒクヒクさせている。

「なんでまた、そんなものを公園に持って行ったりするんだよ」

「だって、見せてって……。見るだけって……言ったから。持って行ったら、貸してって。でも、そのまま返してくれなくて……」

「そういう奴に限って、見たら欲しいになる典型なんだよ」

「だってぇ～っ」

この手のカードゲームには興味のない充功でも、希少なカードが喧嘩のもとになっているのは知っていた。

時代によってモノは違うが、流行のゲームアイテムが兄弟、仲間内で騒動を起こすことは変わらない。

特に、このドラゴンソードは基本がカード型のボードゲームでありながら、ゲームセンターやネット上でも対戦可能なオンライン用のＱＲコードがついている。

遊び方が何通りも存在していて、子供から大人まで楽しめるとヒット中だ。

そのゲームの超激レアカードを園児が持っていたのだから、そりぁな――と、充功も即理解だ。

「ひっく……」

「しょうがねぇな。一緒に来い。俺が取り返してやる」

充功が溜息交じりに立ち上がる。

それを見上げた七生とエリザベスの目が、心なしかキランとした。

「でも、みっちゃん。相手はすごく大きいお兄ちゃんだよ。中学三年生だって言ってたよ」

「だからどうした。ってか、受験勉強もしないで何してんだよ。そいつは」

「じゅけん……？」

「おべんとう？」

ようやく武蔵も顔を上げたが、何か美味《おい》しい勘違いをしている。

「──。とにかく行くぞ。案内しろ」

面倒なので突っ込まない。

この辺りのスルー能力の高さは、大家族ならではだ。

「はーいっ」

それでも心強い味方を得た樹季と武蔵は、泣き顔を拭いながら、充功を相手の子の家へ案内した。

当然七生とエリザベスだけで留守番ができるはずもなく、充功は少しだけ七生をエリザベスの飼い主に預けようかと考えた。

だが、とうの七生がしがみついて離れない。

仕方がないので、七生を小脇に抱えて、なおかつエリザベスの散歩もついでにこなす荒技に出た。

　三男・充功。実は相当まめな性格なのが窺える。

「みっちゃん……。怖いことされない？」

　それでも相手の家が近くなると、樹季が不安そうな顔をした。

　カードを返してもらえなかったときの悔しさや怖さが残っているのだろう。

　それを見た充功が力強く言い放つ。

「大丈夫だって。俺が駄目なら双葉がいるし、それでも駄目なら寧も父さんもいるだろう。ってか、この町内でうちに喧嘩売るって、そいつ馬鹿なんじゃねぇの？　よく武蔵が泣きながら歩いてて、町内会長や消防団長がすっ飛んでこなかったよな。ある意味、そいつはラッキーだ」

　樹季と武蔵は意味がわからず、首を傾げる。

「みっちゃん。馬鹿って言ったら、自分が馬鹿になるから言っちゃ駄目って、寧くんが言ってたよ」

「今はそういう突っ込みはするな」

「はーい」

「あいちゃ！」

　七生は意味がわかっているのか、いないのか、わくわく顔で一緒に返事をする。

たんに、表《おもて》に出られて嬉しいだけかもしれないが……。

「んと、何考えてんだかな――。と、ここか」

そうして、充功たちは相手の家へ到着した。

樹季の説明によれば、カードを取って返してくれないのは、偶然公園を通りかかった士郎の同級生・中尾《なかお》優音《はると》の兄だった。

去年の暮れに引っ越してきた彼ら兄弟もドラゴンソードのファンらしく、カードはたくさん持っていた。

普段は樹季や武蔵が優音からコレクションを見せてもらう側なので、超激レアカードを見せることには抵抗がなかったらしい。

ただ、優音自身は「いいね。いいね。カッコいいね」と褒めてくれるだけだったが、兄のほうが「そうだ。それちょっと貸して」と言って、激レアカードを持って行ってしまった。

これには優音も慌てて、すぐに兄を追いかけたらしい。

だが、結果的には返してもらえなかった。

そして、唖然としながら公園で待っていた樹季や武蔵に、「ごめん」と謝ってきた。

武蔵が泣き出すと、優音も一緒に泣き出してしまい、樹季は余計に困惑。どうにか泣き叫ぶ武蔵を連れ帰るも、自分も限界がきてしまい……。

——という、経緯だった。

「まあ、ようは全部ひっくるめて優音の兄貴、中尾が悪いってことだよな。そもそも士郎の同級生が、樹季や武蔵を泣かして士郎から恨みは買いたくねぇだろう。絶対にそいつが泣きくれたのも、あとで士郎になんて言われて責められるか、想像しただけでビビッたんだろうしな」

充功は、樹季から聞いた話に自分の想像を合わせて、ことの成り行きに見当をつけた。

とりあえず優音が板挟みになるのは、士郎の件もあって気の毒だ。

なので、直接兄と話をするべく、インターホンを押して呼び出した。

「はい」

相手は充功がよそ行きの話し方で、「兎田です。カードの件でお話があるんですが」としか言わなかったこともあり、すんなりと玄関先へ出てきた。

家の中からは、小型犬の鳴き声も聞こえる。

「——あ」

だが、そこで仁王立《におうだ》ちしている充功を見ると、一瞬にして顔色を変えた。

弟絡みで家まで来るなら、士郎か他の兄弟を想像したのだろう。

まさか、校内でも〝年中無休の反抗期〟〝遠目に見るのが一番安全な麗しの一匹狼〟と噂される充功——きっと兄弟が多すぎて、嫌気がさしている家族嫌いなんだろうな——が、弟のバトルカードのために出向いてくるとは思わなかったのだ。

それも七生と犬まで連れて！

「こんちゃ！」

「バウッ！」

この辺りは、まだ土地に馴染《なじ》み切れていない転校生ゆえの誤解だ。噂を鵜呑《うの》みにして、正確な情報が得られていない。

「あ、七生くん。エリザベス。樹季くん、武蔵くんも……」

ただ、訪ねてきたのが士郎でなかったことに胸を撫で下ろしたのは、中尾の後ろから出てきた優音だった。この辺りは、同級生ならではの判断だ。

充功が想像したとおり、優音にとっては上から見下ろして「あん？」な程度の充功も怖いが、同目線《どうめせん》で理責めの説教をする士郎のほうが何倍も怖かった。

クラスメイトが怒られているのを一度目の当《ま》たりにしたため、精神的なダメージもデカそうだと感じていたのだ。

何せ、意味のわからない言葉で責められるならまだしも、士郎は相手のレベルに合わせて言葉を使い分ける。

そのため、発せられた説教のすべてが相手の胸に突き刺さっていくのが、見ているだけでわかるし、自分も言われているようで痛かった。

ただ、誰を相手にしても理不尽なことはいっさい言わないし、士郎が怒るときは必ずそれ相応の理由がある。

勉強や悩みごとも相談すればとことん付き合い、一緒に考え、正しい答えに導いてくれる。大人よりも気が長くて親切丁寧、誰より頼りがいがあると学校でも評判だ。

優音でなくても絶対に嫌われたくないし、敵にしたくないのが希望ヶ丘の神童・兎田士郎だ。

しかし、そんな逸脱《いつだつ》した存在感を放つ同級生は、どちらかが私学に進まない限り、中学を卒業するまで一緒だ。

住みやすいベッドタウンだが、世帯数のわりに子供が少ない。そのため、選択できる公立中学が極貧《ごくひん》で、そこへ距離と風紀の良さを考えたら同じ所へ進むしかない。

こうなると、触らぬ神に祟《たた》りなしだ。

率先して仲良くなろうという勇気もなければ話題もない。そもそも何に対しても、自分からはアクションを起こせない優音だが、せめて樹季や武蔵とは仲良くなっておこうと頑張っていたのが精一杯だ。

しかし、結果はこれだ。

「うわーんっっっ。ごめんなさーいっっっ」

士郎に睨まれ、淡々と怒られるところが頭によぎったのか、優音は充功を見るなり泣き出した。

これには充功もビビってしまう。

だが、優音が泣き出したものだから、咄嗟に中尾が後ろ手に庇《かば》った。

中尾は身体こそ大きいが、眼光に充功のような鋭さがない。睨み合った段階で、勝敗が見えていた。

しかし、だからといって武蔵の超激レアカードは戻ってこない。

なぜなら——。

「あ？　ここにはないって、どういうことだよ」

「ゲーセンでカードバトルをやって、取られたんだよ。あのドラゴンがあれば、絶対に勝てる。弟が取られたカードを全部取り返せると思ったんだ。けど、結局は返り討ちに遭っちゃって……」

すでにカードが、第三者に渡っていた。

「それってカード本体を賭けて、バトったってことか？　完全にルール違反じゃねぇか」

「公式的にはそうだけど、個人的にはけっこうあるんだ。そのほうが熱くなれるって言うか、盛り上がるって言うか。欲しいカードが手に入れやすいから……」

経緯を知った充功の眼光が、いっそう鋭いものになる。

「ふーん。ようはもう、場外乱闘の自己責任レベルだよな。でも、それなら勝負に負けた弟がカードが取られてもしょうがねぇ話だ。それなのに、なんで関係のない武蔵のカードまで使って再チャレンジしてんだよ。勝手に使って取られてんだよ。責任もって取り返せよ！」

次第に声を荒らげる充功に反して、中尾は声を震わせ、身体を震わせた。

――自分が悪いことはわかっている。

だが、ここで謝ったところで、カードが返ってくるわけでもないので、どうしようもない状況だ。

「それはわかってるけど、勝負に勝たなきゃ無理なんだよ。返してもらえないんだ」

「だったらもう一度挑《いど》んで、勝ってこいよ」

「だから、無理なんだって！　あとで知ったんだけど、相手は公式バトルの関東大会を制覇したチャンピオンだった。全国大会でもベストフォーに入ってるような、すごいプレイヤーだったんだよ！」

「知るか。だったら殴って奪い返すか、買って返すかしろよ」

充功は手こそ出さないが、その分余計に声で威嚇《いかく》し、目で激怒を表した。

中尾をこれ以上ないところまで追い詰めていく。

「無茶を言うなよ。内申《ないしん》があるのに喧嘩なんかできないし。そもそも超激レアカードなんて、何セット買ったから出てくるなんてものでもないから、超激レアなんだ。特にプラチナドラゴンソードは、一番人気のイラストレーターが描いてることもあって、オークションにも出て来ない。発行枚数も極貧らしくて……」

「だから？　それだけ希少《きしょう》だとわかってて、なんで武蔵から取っていったんだよ。ってか、そもそも言い訳する前に、言うかやるかすることがあるんじゃねぇのかよ。あ!?」

しかし、さすがに我慢も限界に達したのだろう。とうとう充功が中尾の胸ぐらに手をかけた。

「武蔵に謝れ！　ごめんなさいだろう、ごめんなさい!!」

「ひぃっっっ」

と、そんなときだった。

「どうしたんだよ、充功。こんなところで」

「何してるの？」

中尾の悲鳴と同時に声をかけてきたのは、寧と士郎だった。

どうやら会社帰りと模試帰りが重なり、駅で一緒になったようだ。充功もこれには、反射的に手を引いた。

「ひっちゃ！」

「寧くん！」

「バウバウ！」

七生と樹季とエリザベスが、同時に飛びついた。

隣家の犬にまでブラコンが伝染しているのか、エリザベスも寧が大好きだ。

ただ、優音の顔色はますます悪くなる一方で――。

「し、士郎くん……っ」

「優音くん。うちの兄弟と何かあったの？」

何でもないような問いかけが、優音には充功のオラオラの何百倍も恐かったのだろう。

士郎本人には、特別な意図はないものだろうに、その場にしゃがみ込んで、また泣き出してしまう。

「うわっっっ。ごめんなさいっっっ!!」

「え？　何!?　どういうこと？」

士郎は意味がわからず慌てた。

しかも、優音に釣られたのか、武蔵がまた目を潤ませて……。

「しろちゃ……。うわぁーんっっっ」

その場で士郎に泣きついたものだから、今一度超激レアカードの事情が説明された。

それも今度は、充功から――。

3

トラブルの内容は単純なので、すぐに寧も士郎も理解した。

「そっか。でも、そういう理由なら、もう一度返してもらえるように頼むしかないんじゃないかな？」

物腰も言い方も柔らかい寧が相手だけに、中尾も「でも」と言うのさえ控《ひか》えめだ。

「このままじゃ弟たちが可哀想だし。君だって、もとは優音くんのカードを取り返そうとしただけなんだろう？　まあ、ちょっと奪還《だっかん》方法を間違えちゃったみたいだけど」

これは寧ならではの解釈とフォローなのだろう。中尾に向けてニコリと笑って見せた。

すると、中尾がいきなり大きな身体を二つに折った。

「――寧さん。ごめん……、ごめんなさい！　俺が悪かったんです。軽はずみだったんです。この辺じゃそこそこ強いし、前に住んでいたところでも、地区大会で優勝して。強いカードさえ揃っていれば、勝てるって過信《かしん》して……。弟にもいい顔したくて」

年下の充功には、なかなか言い出せなかった。ましてや、武蔵には自分から頭が下げられなかったのだろうが、勢いよく謝罪した。

「お兄ちゃん……」

驚いたような、それでいてホッとしたような優音の前で、中尾は小さな武蔵に目線を合わせるようにしてしゃがみ込む。

「ごめん。本当にごめんな。武蔵くん」

「――」

ぽかんとしている武蔵の頭を、寧が優しく撫でた。

「武蔵。お兄さんがちゃんと、ごめんなさいをしてるよ」

「う、うん……」

寧に促され、武蔵も相手の「ごめんなさい」を受け入れた。

樹季や士郎、優音もひとまずは胸を撫で下ろす。

これでカードが戻ってくれば言うことはないのだが――。

ただ、それが一番難しいから、充功は未だに口を噤《つぐ》んでいる。

「とにかく。今から行って、その相手には俺たちから頼んでみようよ、充功」

「え？　俺も頼むだ!?　返せよって脅しに行くとかじゃなく、頼むのかよ」

まさかと思うようなことを言われて、充功が驚く。

しかし、寧に笑って肩をたたかれて、「いやだ」「ノー」と言える弟は、兎田家には誰一人いない。

「もちろんだよ。喧嘩腰はよくないし、乗りかかった船だろう。あ、さすがにエリザベスと七生は連れて行けないか。お隣さんに事情を話して、預けてから行こう。相手がまだ居てくれるといいんだけどね」

特に、魔の二歳児のイヤイヤ期でさえ、寧にだけは服従だったらしい充功では、「イエス」以外の選択がない。

相手が双葉や颯太郎ならまた違ったかもしれないが、なぜか寧には弱いのだ。

これがブラコンの魔法なのか、オムツを取り替えてもらい、お漏らしのフォローまでしてもらった負《お》い目なのかは、充功本人にもわからない。

「――っ。わかったよ」

結局充功も、渋々《しぶしぶ》ながら承知した。

頼んで駄目なら、殴ってはありだよな――とは、決めていたが。

「ひとちゃん」

「みっちゃん」

寧が加わったことで希望が見えてきたのか、武蔵と樹季の顔にも笑みが浮かぶ。

「じゃあ、優音くんとお兄さんも一緒に。僕らだけじゃ、相手の顔もわからないし」

士郎がカード奪還のために、中尾と優音に声をかける。

「ああ。そうしよう」

「え？」

しかし、二つ返事をした中尾に反して、優音は未だにおどおどしっぱなしだった。

「大丈夫だって。そんなビクビクしなくても、充功だってもう怒ってないからさ」

「……うん」

中尾が背中をさするも、今にも優音の胃が捻《ねじ》れそうになっている理由は、そこじゃない。

だからといって「怖いのは充功くんじゃないよ！」とも言えない、士郎の同級生・優音だった。


希望ヶ丘町の最寄り駅付近には、大型のショッピングセンター〝オレンジモール・希望ヶ丘店〟がある。

服飾品や生活用品、飲食店の他、映画館を始めとする遊技場も入っており、地元で一番大きなアミューズメントアーケードも、この中にあった。

アーケードの中には、メダルゲームやプライズゲーム、トレーディングカードアーケードゲームや写真シール作成機なども豊富で、ドラゴンソード専用台やモニター類も充実している。

ドラゴンソードはパソコンやスマートフォンにも対応しているゲームだが、やはりホームシアターサイズ画面でのバトルは迫力が違い格別。アーケード内でも、常に順番待ちの人気だ。

寧や充功たちが到着したときにも、やはり一番賑《にぎ》わっていて、学生だけではなく大人の姿も目についた。

「あ、寧さん。あそこにまだ居ます。ちょうどバトル中です」

「そう。よかった。なら、終わったところで声をかけよう」

「――はい」

たった今も武蔵のカードを持っているだろう男は、中尾が言うには、ドラゴンソード公式バトルで全国ベストフォーにも入っているという大学生・福原《ふくはら》。公式サイトにも大会写真や出身地、名字が掲載されている。

ちょっと小太りで、ニキビ面に黒縁眼鏡。チェック柄のシャツによれたジーンズという出《い》で立ちは、まるで漫画やアニメに出てきそうなオタク臭漂うゲーマーだ。

「ん？　ぷっ！」

しかし、怒り心頭《しんとう》だった充功が、ここへ来て思わず吹いた。

バトル中のゲーム画面に表示されていた彼のエントリーネーム、〝荒野に降り立つ伝説の龍使い・セフィー〟が目に入り、それがツボってしまったのだ。

（こ、荒野は許す。伝説の龍使いも、まあ……許す。けど、セフィーっ！　どの面下《つら》げて、セフィーっっっ!!　やってることはセコーだろ、セコーっ！）

そして、バトル終了後。

寧が待ちかねたように声をかけ、話を始めると、福原は地元の人間ではないことがわかった。

「――は？　知らねぇよ。これはゲームで勝ってもらったんだ。そもそもこんな最強の超激レアカードを場に出してまで負けた奴が悪いんだし、馬鹿なんだよ」

今日はたまたまこの近く、夢ヶ丘町にある親戚の家に泊まりに来ていて、朝から隣町に住むバトル仲間二人と合流・オフ会バトル。この土日をドラゴンソード三昧《ざんまい》で過ごそうという目的で、このアーケードにいただけだ。

関東大会を制覇し、全国でもベストフォーに入る戦闘ぶりは見事だったのだろう。アーケードを訪れていた者たちが、いつの間にか立ち見し始めた。

そこへ、福原がレアカードを出し合い、それを商品にしたトーナメントを提案したものだから、飛び入り参加者が続々増えて、ちょっとしたイベントと化した。

そうして優音も、〝なんだか盛り上がっていて楽しそう！〟という理由だけで参加したのだが――、こんなことになってしまった。

アーケードの店長や店員も、みんなで楽しそうに盛り上がっていたので、特に気にしていなかった。目を真っ赤にした武蔵を連れた寧たちを見つけて、初めて「どうしたんですか？」と聞いてきたほどだ。

（どうりで寧に声をかけられても、態度がでかいはずだよ。何も知らねぇから、完全に舐《な》めてるんだろうな）

充功は胸中で「あーあ」と呟く。樹季にもこっそり、「あいつは馬鹿って言ったから、もう馬鹿になってるぞ」と、悪口も言った。

すると樹季も、これには大きく頷いてみせる。カードを取られたことも腹立たしいが、それ以上に寧に対する福原の態度に腹が立ったようだ。

いつになく目つきも据《す》わっている。

「すみません。そう言う問題ではなく、そのカードが強くても弱くても、弟たちとっては大切ものなんです。返していただけませんか？」

寧の低姿勢は、どこまでも変わらなかった。

何度も頭を下げた。

「無理、無理、無理〜。世の中頭を下げれば済むなら警察いらねーし。こればっかりは土《ど》下座《げざ》されても無理〜。なんせ、オークションにさえ出てこない超激レアカードだ。それも刷《す》りミス付き。データ以前にカードそのものがお宝なんだから、返せねぇんだよ」

しかし、福原の態度は悪くなる一方で、図に乗っているのが誰の目にも明らかだ。

「え？　刷りミス？　でも、そしたら、それって不良品ってことですよね？　間違えて流通に乗ったってことで、正規の価値はないんじゃ？」

「わかってねぇな〜。本来市場には出ないはずのものだから、貴重なんじゃん。休日出勤のスーツははったりか？　あんた、使えないリーマン筆頭《ひっとう》？」

しかも、こればかりは樹季や武蔵、おそらく優音や中尾も気づいてなかったのだろうが、超激レアカードは、その中でも特別の一枚。本来なら手に入らないはずの、一点物だったらしい。

だが、そんなことは関係ない。

とうとう充功がキレた。

「テメェ！　人が黙って聞いてりゃいい気になりやがって！　誰が使えないリーマンなんだよ！」

「よせ、充功」

「なんでだよ！　馬鹿にされてるのは寧だぞ！」

「それでもだよ。今はカードの話が先だから」

寧に止められ、まったく埒《らち》が明かない。

世の中には、何を言ったところで通じない奴が居る。それは寧もわかっているだろうが、それでも滅多なことでは暴言ははかないし、暴力もまず振るわない。

これは、颯太郎譲りの性格だ。

気持ちのどこかで、人間なんだから話し合えばわかり合えると信じて疑っていない。

だが、今日ばかりは、そのお人好しぶりに充功のイライラが増した。

そして、そんな充功の感情を煽るように、福原の仲間の一人が手にしたファイルから超激レアカードを取り出し、わざと目の前にヒラヒラさせる。

目が合うとニヤリと笑った。

「こいつら、マジでぶっ殺す！」

充功が怒り任せに、寧の腕を振り解く。

だが、目の前に出された超激レアカードに、一度は鎮めた感情を煽られてしまったのだろう。武蔵がここでも泣き出した。

「うっ……、うわっっっっん」

「武蔵っっ」

「ごめんっ。ごめんね、武蔵くんっ。うっ、あーんっっ」

樹季と優音が声をかけるも、武蔵は一度泣き出すと止まらない。

釣られるように二人の頬にも涙がこぼれて――、こうなるとカオスだ。

泣き声を耳にし、三人を抱きしめる寧の姿を目にして、通りすがりの客たちも足を止める。

店内からも何事かと集まり、あっという間に人集《だか》りができて、ヒソヒソ始まる。

福原と仲間も、さすがにばつの悪そうな顔だ。

「もう、いいだろう。行こうぜ」

「ああ」

カードを持ったまま、逃げるようにして、その場から去ろうとする。

「待てよ！」

「待ってください。荒野に降り立つ伝説の龍使い・セフィーさん！」

すると、充功と士郎の声が重なった。

しかし、福原の前に一歩早く出たのは士郎のほうで、その手にはスマートフォンが握られている。

「な、なんだよ」

突然エントリーネームをフルで呼ばれたためか、福原が動揺した。

呼んだ士郎に悪気《わるぎ》はなさそうだが、充功から見れば公開処刑もいいところだ。

――荒野に降り立つ伝説の龍使い・セフィーさん！

さんが付いたことで、確実に破壊力が増している。

ハラハラしながら見ていた周りの者たちも不意打ちを食《く》らい、いっせいに「ぷっ!!」と吹いてしまった。

真顔を貫き通しているのは寧と士郎、ぽかんとしているのは樹季と武蔵と優音。かろうじて耐えているのも福原と仲間、そして中尾だけだ。

充功など、脳内で〝セフィーさん。さん。さ～ん〟とエコーまでかかって悶絶寸前だ。声を上げて笑うよりも先にお腹が痛くなり、その場にしゃがみ込んでしまう。目を真っ赤にした樹季に背中を、武蔵に頭を撫でられるほどだ。

その傍らで、士郎が本題に入る。

「一つ、確認をさせてください。優音くんやお兄さんとバトルした結果、優音くんやうちの弟のカードがそちらに渡った。ということは、もう一度勝負してこちらが勝てば、理論上は返していただけるってことですよね？」

「は？」

「僕と勝負していただけませんか？　そして、僕が勝ったらそちらに渡った優音くんと弟のカードを返してください」

笑うに笑えない状況で、更に笑えない話をされて、かえって福原と仲間がたじろいだ。

だが、面と向かって「勝負」と言われて、すぐに正気《しょうき》に戻る。

三人は顔を見合わせながら、士郎を指差した。どこまでも失礼な男たちだ。

「俺と勝負!?」

「福原と？」

「マジかよ、このガキ！」

その一方で、充功の背中をさすっていた樹季が、慌てて士郎の腕を掴んだ。

べそべそ泣いていたが、これだけは聞き逃せなかったらしい。

「待って、士郎くん。うちにはちゃんとしたバトルができるほどのカードがないよ。全然足りないよ」

確かに、それは一番の問題だ。

しかし、そこは士郎だ。余裕で「大丈夫だよ」と微笑む。

「今回ばかりは父さんや兄さんたちに頼んで、家に残っているのを全部開けさせてもらうよ。ただし、チョコは食べないでとっておく。必要なのはカードだけだから」

「……でも」

「それでも足りなかったら、補充するしかないけど……、足りない？」

「うん」

樹季が大きく頷いた。

士郎は今一度、スマートフォンで確認し直した。

「――あ。公式のオンラインバトルだと、ワンデッキ五十五枚なのか。オフラインと見間違えた。でも、そうしたらカード入りチョコが一個税込み百二十円として、最初に五十五個も買わなきゃゲームができないのか？　いや、ラブラブトーイからワンパック五枚とか、レアカード入りのスターターセットが別売りされている。そう考えると、うちに三十九枚はあるはずだから、初期の出費はだいたい……」

心配そうな樹季を前に、士郎がその場で対策を練っていく。

だが、その様子が傍目《はため》にはおかしい。バトルゲームを知る者たちからしたら、あり得ないぐらい変に見える。

福原も笑うのをやめて、士郎に問いかけた。

「なぁ。お前、何してんの？」

「すみません。カードの値段とプレー枚数を確認してたんです。名前は知ってますけど、ゲームはしたことがないので」

返事はするが、士郎の目はスマートフォンの画面を追い、指先はそれを流し続けている。

「は!?　ゲームをしたことがない？」

「お前、ルールも知らずにバトルを挑もうって言うのか？」

「おいおい。福原さんは、公式の全国大会でナンバーフォーだぞ。現役の東大生だって負かしてるんだぞ。第一期発売からの全カード、六百三十枚を丸暗記だぞ」

福原と仲間が声を揃えた。

リアルで「荒野に降り立つ伝説の龍使い・セフィーさん」呼びを耳にするより、士郎の言動のほうが衝撃的だったようだ。

周囲の者たちが、いっそうざわめき立つ。

「それはすごいですね。でも、大丈夫です。今、ルールは覚えましたし、カードも現時点までに発行されている分は頭に入りましたから。あ、六百三枚じゃなくて、六百五枚ですよ。今日の午前中に、オンライン専用で二枚発売されてます」

そうこうするうちに、士郎がスマートフォンの画面をオフにした。

「何!?」

「――ということで、荒野に降り立つ伝説の龍使い・セフィーさん。僕と勝負をお願いします。ただ、急なことで、僕はこれから不足分のカードを揃えなければなりません。対戦は明日のお昼ぐらいにしていただけると助かるんですが」

少しばかり困惑している福原に、バトルの正式依頼をする。

公衆の面前もあり、福原も断れない状況だ。

「まあ、いいぜ。なら、明日の正午にここで。公式ルールのオンライン勝負を、この大型モニターで。あ、でも、あれだよな？　俺が勝ったらどうするんだ？　お前はカードを返してもらえるが、俺にはなんの得もないんだぞ」

しかし、それが気に入らなかったのか、充功が「まだ言うか！」と殴りかかりそうなことを口にする。

「手持ちのカードは弟たちのものなので、賭けられません。代わりにランチをごちそうでどうでしょうか？　予算は僕のお小遣い内になりますが」

「はっ!?　誰がガキに飯《めし》なんか。わかったよ！　この上小遣いまで巻き上げられたって大泣きされたら不名誉だからな。俺は心が広いから、親切だけでお前と勝負してやるよ」

士郎が真顔で代償を提示したことで、周囲からブーイングが起こった。

さすがにこの状況で、「なら飯で」とは言えない。

福原もこの勝負に対しては妥協した。

「ありがとうございます。荒野に降り立つ伝説の龍使い・セフィーさん。ちょっと長いので、ここから先はセフィーさんでもいいですか？」

「ふっ。いいぜ。せいぜい悪足掻《わるあが》きするんだな。まあ、三分もかからないでThe End《ジエンド》にしてやるけどさ」

最後は「セフィーさん」呼びにも慣れたらしい。

見た目はともかく態度だけは、荒野に降り立つ伝説の龍使い・セフィーだ。

福原は仲間二人を引き連れて去っていく。

そして、それを合図に野次馬《やじうま》たちも一人、また一人と散っていく。

「――はぁ。結局明日に持ち越しか」

緊張が解けた寧が、溜息を漏らした。

それに合わせて武蔵や樹季も「ふーっ」。

中尾や優音も「は～」だ。

「ちっ。嫌な奴。セコーのくせに。それより、士郎。お前、あんなこと言っていいのかよ。ドラゴンソードなんかマジでしたことないだろう。本当に三分でやられたら、洒落《しやれ》にもならないぞ」

ただ、ぶっきらぼうな充功の言葉を耳にし、中尾と優音が目を見開いた。

「大丈夫だよ。合計百十枚のカードを使ったバトルだよ。そもそも今のルールと発行カードの内容では、三分内で終了は絶対に無理だから。むしろ三分経過したところで、終わりませんねって、相手に言えるよ」

そういう問題じゃないだろう⁉　と言いたいのは山々だが、満面の笑みで答えた士郎には誰も突っ込めない。

充功でさえ「それもそうだな。なら、俺が言ってやる！」で納得してしまったのだから、どうしようもない。

しかも、驚愕続きの中尾に向かって、士郎が手にしたスマートフォンを差し出した。

「あ、これ。お返しします。ありがとうございました。とても助かりました」

「いや、別に。こっちこそ。うまく説明できなくて……」

スマートフォンは中尾のものだった。

ここへ到着してすぐに、福原のバトルを見た士郎からルールを聞かれたものの、うまく説明できず。手っ取り早く教えるために公式サイトを開いて渡したのだ。

まさか、それだけで福原にバトルを申し込むとは考えもしなかったのだろう。中尾は戻ってきたスマートフォンを手にするも、首を傾げるばかりだ。

何の気なしにネット画面を開いて、履歴を確認する。

「え？」

すると、公式サイトどころか、攻略サイトまで閲覧《えつらん》した履歴が残っていた。

驚く中尾の手元を、優音が一緒になってのぞき込む。

「え⁉」

他に言葉が出てこない。大量の閲覧履歴。

兄弟揃って、互いの顔とスマートフォンの画面を幾度も見直し、結局首を傾げるを繰り返す。

「士郎。それで、足りないカードは何枚買ったらいいんだ？　それって、ここで買えるのか？　箱ごと大人買いとかしたほうが、強いカードも揃いやすいんだよな？」

落ち着きを取り戻した寧が、スーツの内ポケットから二つ折りの黒財布を取り出した。

樹季が「足りない足りない」と言っていたので、ここは社会人である自分が！　と、名乗りを上げる。

給料の大半を家計につぎ込む寧の小遣いは、正直言ってしまえば双葉のバイト代よりも少ないだろう。

だが、今日ばかりは「へそくりも出すよ！」という勢いだ。

しかし、ここでも士郎は「大丈夫だよ」の一点張り。

「カードはモール内にあるショップで買えるよ。中古も売ってるはず。でも、それは明日でいいし、自分で買うから寧兄さんはお財布をしまって」

「え？　明日？」

「うん。だから、今は帰って家にあるバトルチョコのカードを確認するのが先かな」

まるで、他人事のような口ぶりだ。

「このゲームって、そういうもんなの？」

「知らねぇ」

「中尾くんたちは知ってるんだよね？」

寧も充功もカードゲーム自体に詳しくないので、巡りに巡って中尾が聞かれることになる。

「え？　いや、えっと……。遊び方はわかりますけど、士郎くんが何をしたいのかが、まったくわかりません。だから、ごめんなさい！」

何を言っても聞かれても、謝るしかない中尾。

「ぼ、僕も！　ごめんなさい！」

優音も兄に続くしかなく、一緒になって謝った。

4

思いもよらず、長い一日となった。

「じゃあ、また明日ね。優音くん」

「明日ね。士郎くん」

すっかり陽も落ちた時間。

寧や士郎たちは、モールで買った生菓子を手土産《てみやげ》にして隣家へ。老夫婦に預けた七生を引き取ってから帰宅した。

「ただいま」

「お帰り。みんな、大変だったな。あ、寧兄。夕飯できてるよ」

アルバイト先から戻った双葉が、夕飯用に大量のおにぎりと具だくさんの豚汁《とんじる》、ゆで卵を作って待っていた。

今日の事情は、すでに寧からのメールで知らされている。

これから士郎を中心に、全員で何かしら始めるだろうと予想し、後片付けも楽なメニューで準備をしていてくれたのだ。

「ありがとう、双葉。じゃあ、みんな急いで食べよう。父さんは食べて帰ってくるって言ってたし」

「はーい」

「お腹すいたー」

寧のかけ声で、充功、樹季、武蔵がキッチンで手を洗い、ダイニングテーブルに着いた。

七生だけは寧にべったりで、足にしがみついてお尻を左右にゆらしている。

そして、頬をすり寄せると、上目遣いでふへへ。

「なっちゃ。ポンポンよ」

「あ。さては、お隣でお夕飯だけでなく、おやつもいっぱい食べさせてもらったな」

「えったんもー」

「共犯か？　まあいいや。なら、先にお風呂だね」

「あーいっ」

寧は自分の夕飯を後回しにし、先に七生をお風呂に入れて、寝かせてしまうことを選択した。

士郎も手を洗ってから、ダイニングへ向かう。テーブルには、ラップに包まれた小ぶりのおにぎりの山が二皿と、ゆで卵十個が一皿に盛られている。

「ほら、士郎」

「ありがとう。双葉兄さん」

席に着くと、双葉が肉と野菜がたっぷり入った豚汁を大きめの汁椀《しるわん》で出してくる。

「いいっていいって。それより、よくわからないけど、頑張れよ。何か要《い》るものがあったら、今からでも俺が買いに行くし」

「気持ちと夕飯だけで十分だよ。あ、でも。対戦相手の過去データとかネットに上がってたら、プリントアウトしてくれると助かる」

「よし。わかった。任せろ。確か、荒野のなんとかセコーだったっけ？」

「荒野に降り立つ伝説の龍使い・セフィーね。多分、別名義も持っているとは思うけど」

「了解――、ぷっ!!」

ただ、ここで双葉が拭いた理由は、福原の素晴らしいエントリーネームのためではない。

士郎が双葉と話をするうちに、野菜嫌いの充功と樹季が豚汁の野菜をすべて士郎の器《うつわ》に放り込んでいた。

それだけならまだしも、肉はちゃっかり奪っていたからだ。

「ごちそうさま！」

「ごちそうさまでした！　あ、僕、バトルチョコ取ってくるぅ～」

そうして二人は、士郎の器に野菜と汁だけを残して、あっという間に逃げていく。

「――あいつら」

「しょうがないな。ほら、俺のと取り替えてやるから」

「お、俺は食べるよ。しろちゃん！」

双葉と武蔵に救われるも、士郎はおにぎりを手に、深い溜息だ。

「まあ、今夜必要なのは脳への糖分だから、炭水化物だけでもいいけどさ」

双葉だけは続けざまに失笑させられたが――。


「さて、始めよう」

手早く夕飯を終えると、充功から武蔵までがリビングテーブルを囲んで、バトルチョコレートの開封を始めた。

そもそもバトルではなく、それ以外に魅力を感じて毎日開封していた樹季と武蔵にとっては、理由に関係なくウハウハだ。目が輝いている。

それがわかっているのか、士郎と充功も開封だけは樹季と武蔵に任せる。

テーブル上には、出てきたチョコレートだけをストックする袋も用意されていた。

「あ、緑のムニムニだ。可愛い」

「僕のはガラスの魔法瓶。綺麗だよ！」

「今度はサボり蜂《ばち》！　わー。戦う気ゼロだってー」

「逃げ狼《ろう》みたいだね。僕のはポンポコの葉っぱ！　ポンポコが出てきたら化けられる！」

ただ、出てくるカード類を見ると、充功の眉間《みけん》に皺が寄った。

「ちょっ。士郎。これ、本当に追加のパックを買ってこなくてよかったのか？　物の見事に軟弱なカードばっかりだぞ。ってか、サボるとか逃げるとか、バトルカードとして許されるのか？　なんか、おかしくないか？　ゲームそのものが！」

ルールはわからなくても、カードを見れば強弱がわかる。

樹季と武蔵がこれまで開封してきたカードもテーブル上に広げてみるが、ドラゴンもソードも見当たらない。

「そもそも、タイトル詐欺《さぎ》じゃねぇのか？　この開封っぷり！」

「大丈夫だよ、充功。箱買い時のカード出現比率はわかってるから、そのうちドラゴンもソードも出てくるよ。それに、サボり蜂は仲間の働き蜂が危機に陥ると、俄然《がぜん》やる気になって四匹分の働きをする。逃げ狼《ろう》はトラップで伏せておくと、相手の総攻撃に対して遠吠えを放ち、フィールド上の仲間五対のうち二体を確実に逃がしてくれる。かなり使えるカードだ」

「――あ、そう」

「だから、家にあるのを全部開けて、明日の朝一で不足分を中古で買ったほうが必要最低限の出費ですむし、コスパもいい」

「その説明が一番わからねぇ」

「とにかく。充功は袋から出したカードとチョコレートをちゃんと分けといて。僕は一番安上がりで効果的な作戦を練ってるところだから」

「わかったよ！」

そうは言っても、士郎が何をしたいのか、充功にはちんぷんかんぷんだ。

カードゲームのコスパってなんだ？　だ。

言われるままチョコレートとバトルカードの振り分けをしていくが、目に付くのはムニムニばかり。

ただ、なんとなく気になり説明を読んでいくと、色違いに加えて雄雌《おすめす》まであるらしい。

こうなると全部揃うのが見たくなるのが人情だ。

「おい。ピンクのムニムニの雄がねぇぞ。まだ出てないのか？」

「ぷっ！」

対戦相手の資料を探す双葉が、充功の背後で吹き出してしまう。

「みっちゃん。ピンクのムニムニは女の子だけなんだよ。――あ、チビムニだ！　オムツしてる！　これ、超、可愛いよ。見て、いっちゃん！　なんか七生みたいだ！」

せっかく話に乗れるかと思ったのに、武蔵に笑って返される。

しかも、その後は無視。

充功は、樹季とキャッキャする武蔵に、完全に置いていかれた。

やはり、どんなことでも好きで覚えてきた相手には、年齢に関係なく勝てないらしい。

「こっちはタツノッコーがでたよ、武蔵」

「わ！ すごい！ タツノッコーっ!!」

「だから、それも雑魚《ざこ》だろう」

それでも悔しいのか、弟たちの話に割り込んでいく。

士郎と双葉は、充功が何か話すたびに、肩を振るわせている。

「このままだと強くないけど、レアなんだよ。ほら、可愛いでしょう。それに、この子はバトル中に魔法瓶とセットで出すと、ウォータードラゴンに進化するんだ。可愛いけど、すごい力を秘めた子なんだよ」

「進化できなきゃただの雑魚。今は醜《みにく》いゾンビでも、最初から強いカードのほうが欲しいだろう」

「そっか。そしたら、ゾンビカレーかな～」

そうしてまた一袋、開封した。

「ゾンビカレー？ 何、それ？」

「じょんびじょんびー」

七生とお風呂から出てきた寧が、様子を覗いてくる。

どうも、意味不明なゾンビとカレーという単語の組み合わせが引っかかったようだ。

「うんとね。ゾンビカレーは特殊なアイテムカードなんだけど、一回の攻撃で相手の場に出ているモンスター全員がお腹を壊して、一時的にゾンビになっちゃうの。それで、自分の陣地内で大暴れして、各モンスターの体力が半分以下になるまで攻撃し続けてくれるんだ。だから、敵のモンスターが強ければ強いほど、相打ちになったりして、自滅に追い込めるカードなんだよ」

樹季がニコニコして答える。

これまで武蔵としか成立しなかった会話が、寧とできて嬉しいらしい。

「なんか、ものすごく怖いカードだね」

「でしょう！　だからこれも激レアカード。ただ、相手がトラップとして〝倍返しの鏡〟を伏せているとアウトなんだ。この鏡は守備から攻撃を自動でこなしてくれるお得なカードだから、カレーの効果が二倍なって返ってくる。ただ、この鏡はレアでもないから、みんな持ってるし、本気のバトルでカレーを飛ばす人はいないみたい。鏡で返された二倍カレーは自分の鏡じゃ返せないルールだから、倍返しされる確率が高すぎるんだって」

寧も「そうなんだ」と相《あい》づちを打つ。

だが、新たな引っかかりを覚えたのか、今度は双葉のそばへ寄った。

湯上がりで頬を紅潮させた七生は、パンダの着ぐるみパジャマ姿で、テーブル周りを走り始めている。

「ねえ、双葉。ゲームとはいえ、ご飯《はん》を投げ合うのはどうなの？」

「寧兄さん。そこは今、気にするところじゃない。でも、強《し》いて気にしてみるなら、食べ物を粗末にすると、自分が痛い目に遭うっていう教訓なんじゃない？　実物の働き蜂も、二、三割は緊急事態に備えて普段はサボってるらしいし。昔から逃げるが勝ちって言葉もあるから、逃げ狼《ろう》精神も間違ってない。このカードゲーム、それとなく自然の摂理《せつり》や道理《どうり》が織り込まれてると思う」

「そうなんだ！　――と、父さんかな？」

インターホンが鳴ったので、寧は玄関へ向かった。

だが、颯太郎の帰宅ではなかった。

寧が来客を連れてリビングに戻ってくる。

「士郎。お客さんだよ」

尋ねてきたのは中尾と優音。手にはカードファイルや本を持っていた。

「――あ、いらっしゃいませ」

「遅くにごめんな。これ、まずは未登録のカード。さすがに神クラスはないけど、普通のドラゴンソードならけっこうある。倍返しの鏡とかもたくさんあるから、使ってもらえればと思って。足りない分は、エントリーネームを教えてくれれば、オンラインでトレードに出すし。あと、攻略本も何冊か持ってきた」

「これ！　僕のも使って。一番強かったシルバードラゴンソードは取られちゃったけど、ポイズンドラゴンソードならあるから」

二人合わせて百五十枚くらいはありそうだった。

ただ、一度オンライン登録されたカードは、持ち主を変えた再登録はできない決まりになっている。トレードは可能だが、士郎自身が未エントリーの現状ではそれも不可能だ。

そのため中尾たちは、帰宅後すぐに未登録カードだけを選別して、先にここへ持ってきたのだろう。

「だってよ、士郎」

「ありがとうございます。助かります。では、お言葉に甘えて、ムニムニを借りていいですか？」

「え？　一番弱いカードだぞ」

「ドラゴンとかソードじゃなくて、ムニムニなの？」

中尾と優音はびっくりしながらも、ファイルからムニムニだけを選んで、テーブル上に置き始めた。

「うん。でも、それがたんさん欲しいんだ」

「そうなんだ。なら、全部貰って。データもカードも丸ごといいよ。カード本体は樹季くんと武蔵くんで遊んでくれたら嬉しいし。確か、ムニムニ好きなはずだから」

「そうだな——。と、これでいいか？　合わせて十七枚ぐらいだけど……」

この段階で手持ちのカードと合わせて、五十五枚は超えた。

あとは、何をどう選ぶか。戦略に必要なカードを補うかだ。

「ありがとうございます。では、有り難く使わせてもらいますね。あ、よかったらお礼に開封したチョコレートを食べていってください」

「え？　あ。ありがとう」

「ありがとう。士郎くん」

中尾と優音は、言われるままテーブルの片側に着いた。

「樹季、牛乳を出してきて」

「はーい」

すると、その様子を微笑ましく見ていた寧が、「あ、そういえば」とリビング続きの和室に入った。

「ねえ。もしかしたら、これも使えるの？」

戻ってきたときには、LED照明を受けて輝く、一枚のカードを手にしている。

「あ、剣と龍の絵だ！」

「これも激レアカードの一枚だよ。龍と剣がセットのサンダードラゴンソード！　一枚で必殺剣技が使えるから便利で強いの！　どうしたの？　寧くん」

やっと目にしたタイトルカードに充功は身を乗り出し、樹季は大興奮した。

「去年のクリスマスに武蔵がくれたんだよ。な、武蔵」

「う……。ひとちゃんっっっ」

ただ、武蔵としては、奪われたプラチナドラゴンソードのカード。寧へのサンタさんを思い出してか、感極まってしまう。

寧の嬉しそうな顔が見たいから、プレゼントしようと思っていたのに――と。

そこへ更にインターホンが鳴った。

「誰だ？」

「今度こそ、父さんじゃない？」

尋ねてきたのは充功の友人二名だった。

お世辞にも品行方正とは思えない。どちらかと言えば、髪型から服装までが派手で、不良感丸出しの同級生だ。

本人たちが家に上がることを断ったので、充功が玄関先でやりとりをする。

しかし、リビングまで響いてきた声に、中尾が力いっぱいビビってしまう。

「いやさー。お袋から、さっきアーケードですごい騒ぎになってたって聞いたから、急いで来たんだ」

「士郎が大人相手に勝負するんだって？　これ、ネット登録してない分だから、好きに使ってくれよ。ドラゴンソードも何体か入ってるから」

二人から出されたのは、透明のカードケース。中には百枚ぐらいが入っており、合計二百枚前後を差し出してきた。

だが、これには充功も遠慮した。中尾が持ってきたのとは、事情が違うからだ。

「いいよ。これ、一度士郎がオンライン登録したら、お前ら再登録できなくなるんだろう。トレードするにも、結局またお前らがまた自分のモンスターを出さなきゃならなくなるし」

しかし、友人二人はへらっと笑って、カードケースを充功の手に乗せてきた。

「気にすんなって。使えるものはカードごとやるよ。データ取ったら、そのまま武蔵や樹季、七生のおもちゃにすりゃいいじゃん。なあ」

「そうそう。いい大人が武蔵や樹季を泣かせるとか許せねぇって。代わりと言っちゃなんだが、明日はバトルを見に行かせてくれよ。士郎がやるってところで、俺らも興味津々《しんしん》だからさ」

「そうか……。サンキュ。なら、有り難く使わせてもらう。士郎たちに渡すよ」

「おう」

「じゃあ、俺等《ら》はこれで」

用件だけを手早く済ませて、あっさりと帰っていく。

これには、玄関を開けた寧も感心だ。

「すごく気前がいい子たちだね。今度何か別の形でお礼しないと」

「だな――。あ、士郎。これでどうにかなりそうか？」

リビングに戻り、聞こえてくる会話だけで様子を伺っていた士郎に、充功がケースの中身を出して見せる。

プレイヤーの好みでオンライン登録するカードの種類や属性が違うのだろうが、中尾たちが持参したものとは、また違ったカードが揃っている。

しかし、ここでも士郎は、ムニムニを中心にしたカードを選んだ。

「うん。ありがとう。これで買い足ししなくても、イメージ通りのセットが作れそうだよ」

士郎の手元には、すでに双葉によってプリントアウトされた福原の対戦資料が置かれている。

「ただいま」

と、今度こそ三度目の正直だ。

自前の手鞄以外に、紙袋を増やして持ち帰った颯太郎がリビングに入ってきた。

いつもは鳴らすインターホンを押さなかったのは、どうやら客を同伴していたから。スーツ姿の男性が、目の合った寧に軽く会釈をする。

寧が会釈し返すも、その横を樹季と武蔵が駆けていく。

「お父さんっっっ」

「寧からメールをもらって驚いたよ。大変だったね、樹季」

「とーちゃんっっっ」

「武蔵も頑張ったね。あ、士郎。これ――。よかったら明日のバトルに使って」

颯太郎が増やして帰ってきた紙袋から、分厚く豪華なカードファイルを取り出した。

ビロード張りに金の箔《はく》押し付きのそれは、これまで見たファイルやケースとは明らかに違う。漂うオーラに高貴な威厳さえ感じられる。

「何、これ？」

「今日の打ち合わせには、ドラゴンソードのイラストを担当したレーターさんも同席してたんだ。それで、自分がもらった見本カードだけど、よかったらって。他のレーター仲間にも声をかけてくれたらしくて、かなり揃えてくれたんだ」

――非売品だった。

これには士郎も驚き、ファイルを開く。

「うわっ！　すごい。宝の山だ。神！　神！　神!!」

「激レアドラゴンが！　シルバー、ゴールド、プラチナの超激レアもフルセットで揃ってる！　全部並んでるのなんか、ネットでしか見たことないよぉ。初めて！」

途端に中尾と優音が我《われ》を忘れた。

「わーっ！　すっごーい」

「キラキラのドラゴンソード！」

ページをめくるたびに、樹季と武蔵も大興奮。すでにここに集《つど》っている目的どころか、福原の存在さえも忘れられている。

なぜなら、武蔵が取られたカードと同じものが、目の前にあるからだ。

「このファイルでセコーの横っ面《つら》を殴ってやったら、さぞ気持ちいいだろうな」

「充功」

充功も勝ち誇ったように仁王立ち。

さすがに、それは駄目だよと制する寧だが、安堵しているのが窺える。

双葉にいたっては、「明日は赤飯だな～」と鼻歌交じり。意外に古風だ。

しかし、誰もが浮かれる中で、士郎だけは違った。

「……いや、これはちょっと。卑怯《ひきょう》な気がするから使えないよ」

「相手だって卑怯じゃん。もう、これでドラゴン祭りしてやれよ」

充功が煽るも、顔色が優《すぐ》れない。

すると颯太郎の客、スーツ姿の男がすかさず手にしたアタッシュケースを開いて見せた。

「なら、それらを使って、私が最強セットを作りましょうか。あ、いっそ私の手持ちカードも入れて、全部ドラゴンソードカードにします？　絶対に負けませんよ。これなら究極奥義《おうぎ》、セブンズアタックで相手の陣営《じんえい》ごとぶっ飛ばせます」

ここへ来て、一番大人げなかった。

思わず士郎が颯太郎に視線を向ける。

「誰!?　この人」

「ラブラブトーイの営業さん。今日は、にゃんにゃん企画の担当さんを含めた打ち合わせだったから、すぐに連絡してくれたんだ。そしたら、わざわざ手持ちのカードを持って来てくれて……」

非売品どころか、製造元の登場だった。

ただ、颯太郎にとっては仕事仲間や相手の括《くく》りだが、中尾たちには別世界の人間だ。

いわゆる芸能人が突然目の前に現れたような衝撃に、身体から力が抜ける。

今更だが、兎田家に対しての情報不足を痛感した。

しかも、ここに来て初めて父子八人が揃ったところを見たが、その年代別のグラデーションのかかり方が、すでに超激レアだ。

神がかっている。

「それでここまで来てくれたんですか。すみません」

話の間に、寧が客にお茶を出してきた。

「どういたしまして。さ、これでどうだい。夢のドラゴンソード・オンリーセット！」

完全に悪のりしているとしか思えないが、テーブル上には企画会議か営業会議かというようなドラゴンソードカードが勢揃い。ずらりと並んだ。

士郎が隠しきれずに苦笑を浮かべた。

「――いや、お気持ちだけいただいておきます。それで勝っても嬉しくないし、相手の鼻を明かせないので。それに、公式ルールにドラゴンカードはどんなタイプ、レベルのものであっても五枚までって書いてありますよ。だからこそ、セブンズアタックは究極奥義なんでしょう？　手持ち以外の二体は、フィールド上でタツノッコーを進化させて、増やさなきゃいけないから」

「あ、そうだった」

この状況では誰も突っ込めないが、おいおいだった。

思わず笑みも漏れる。

ただ、充功だけは笑えない。寧たちのような気持ちになれないでいる。

「お前。そんなこと言って、本当にあいつの鼻なんか明かせるのかよ。この際、使えるものはなんでも使えよ。性格はさておき、強いは強いんだろう!?」

仮に五枚までとしても、一番強いドラゴンソードのカードを五枚もらえば、明日の戦いは有利だ。

他にも貰えるだけ貰って、最強のセットを組めば安心だし、安全策だと思う。

それを頭から否定している士郎が何を考えているのか、また何がしたいのかわからなくて、逆に苛立《いらだ》ったのだ。

すると、士郎が静かに、そして冷ややかに言い放つ。

「そうだね。相当強いと思う。けど、だからこそただ勝つだけじゃ気が済まないんだよ。あんな大人げない大人」

「え？」

自分で組んだセットの中から最弱のカード、チビムニを手にして充功に突きつける。

「そもそも小・中学生を相手に勝負をしかけて、カードを巻き上げたってところでセコすぎだよ。全国ベストフォーが泣くって。しかも、誠心誠意頭を下げて説明もして、それで返してほしいって言った寧兄さんを馬鹿にしたんだ。何が世の中、謝って済むなら警察はいらないだ。土下座されてもだ。無能リーマンの代表？　絶対に許さない」

これには充功も固まった。

普段から「野菜は自分で食べろ！」「自分のことは自分でしろ!!」と充功にも怒る士郎だが、今はレベルが違う。

次元が違うと言ってもよいほどの怒り方だ。

「……士郎」

「とにかく、弱い者いじめしたらどうなるか、思い知らせてやる」

どうやら福原は図に乗りすぎて、もっとも踏んではいけない地雷を踏んだらしい。

公衆の面前で、弟たちの前で、長男・寧を馬鹿にするというブラコン地雷を――。

「あ――、ゾンビカレーだ！」

こんな状況の中でも、両手はカードの開封を続けていたのか、いきなり武蔵が声を上げた。

「すごい！　ゾンビだ！」

「じょんびじょんびー」

「しろちゃん、しろちゃん！　これ、はいっ！」

武蔵が大枚のカードとファイルで埋め尽くされたテーブルの中に、新たに一枚を差し出した。

目映《まばゆ》いほどのキラキラしたドラゴンカードの中に置いたものだから、おどろおどろしいカードがとても目立つ。

はっきり言って、悪目立ちだ。

「ありがとう、武蔵。樹季。ってか、二人とも相当引きがいいんじゃないの？」

だが、どうやらこれは使うらしい。士郎が手に取ると、セットの一番上に置いた。

樹季と武蔵がその両側に寄ってくる。

「カレー、まずそうだね」

「でも、ゾンビの形してて、可愛いよ。カレーのお化けみたいじゃん！」

「うん！ そう言われたら可愛いね。いっちゃん」

──樹季。その美的感覚は大丈夫なのか？

士郎はあえて口にはしなかった。

公式戦では、まず使う者がいないと言われるゾンビカレー。それを前に、きゃっきゃっとはしゃいで喜ぶ弟たちには、何をどう頑張っても敵わないと感じたからだ。

「無欲の勝利って、こういうことだよな」

今日の一連の流れからか、中尾がしみじみと呟いた。

「そうですね。けど、だからこそ、強欲な奴には大敗してもらわないと。さ、使うカードを今のうちネット登録しなきゃ」

にっこり笑って、士郎が動き始める。

この時点で中尾と優音は、そろそろ帰ろうと席を立つ。

営業マンも「私もここで」と言い出したので、颯太郎が車で三人を家や駅まで送っていくことになった。

「じゃあ、士郎くん。今度こそ本当に、また明日ね」

「またね。優音くん」

玄関先まで送り終えると、士郎は専用のノートパソコンを用意し、まずはドラゴンソードの公式サイトへ飛んだ。

ここで無料会員登録をしてから、オンライン対戦に使用するバトルカードの登録をしていく。

登録には住所、氏名、年齢とメールアドレス。自分で決めたＩＤナンバー、パスワード。あとは、秘密の合い言葉などの設定があり、この辺りは普通のネットサイト利用と変わらない。

有料会員になると、オンラインだけで使えるレアカードも買えるので、カードの種類は定期的に増えている状態だ。

「あ、誰かスマートフォンを貸してくれる？」

カード登録の仕方はいろいろあるが、カードに付いたＱＲコードを読み取っていくのが一番手っ取り早い。

スマートフォンは充功が士郎に差し出した。

士郎はいったんパソコン画面を閉じて、借りたスマートフォンで専用サイトに入り直して、カードの登録を開始する。

そして、予備カードを含めて一通り登録したところで、スマートフォンからノートパソコンに作業を戻した。

今度はバトル用のカードセット作りだ。

「そういや、エントリーネームとかどうするんだ？」

それを見ていた双葉が、ふと聞いた。

先ほど福原のデータを集めていたので、これもバトルには必要だということは知っている。

「荒野に降り立つに対抗して、天界に飛び立つ伝説の——とかどうだ？」

「うわっ。だっせーっ」

「なら、地獄から蘇《よみがえ》った魔剣士とか、呪われた聖杯の主とか」

「うっはっはっはっ！　腹痛ぇっっっ！　充功。お前、実はガチな中二病《ちゅうにびょう》だろ！」

充功とツボが似ているのが、冗談とわかっていても、口にすると笑ってしまう。

「父さんに聖戦天使を借りちゃうのは？」

なんとなく寧も参加する。

そろそろ眠くなってきたのか、腕の中には七生がいた。よほど気に入ったのか、なぜかゾンビカレーのカードを握りしめている。

樹季と武蔵は明日に備えて寝る準備、今は一緒にお風呂だ。

「それ系はすでに、網羅《もうら》登録されてるよ」

「えー。そしたら、本当にどうするの？」

いったいどこまで調べたのか、双葉も短時間のうちに、ドラゴンソードに詳しくなっている。

ただし、変なところばかりチェックしたのか、バトルルールとは関係のないほうへ知識の枝葉《しよう》を伸ばしていた。

そんな双葉に、カードセットを作り終えた士郎が、エントリー画面を表示ながら問いかける。

「地元でやるんだし、自分の名前でいいんじゃない？　バトルが終わったら、登録はすぐに消すし」

「いやいや。それでも画面に出る通り名のほうだから、実名は避けた方がいいよ。特に士郎は未成年だし、何かあってからじゃ遅いだろう」

エントリーネームはまったく重要視していなかった士郎は、本名でいいやと思っていたらしい。

だが、ここは冗談抜きで双葉に止められた。

「じゃあ。面倒くさいから適当に打ち込もう。あ、七生。これ、打っていいよ」

「ん？　あいっ」

士郎は、考えるだけ時間の無駄だと判断したようだ。ノートパソコンを七生に向けて、適当にキーを押させた。

七生がうとうとしながら、キーボードをちょんちょんする。指がＥＮＴＥＲ《エンター》に触れたところで登録は完了だ。

士郎は〝はにほへたろう〟という表示名でエントリーされる。

「適当なわりに、ちゃんとした名前っぽいけど……」

「変じゃね？」

これには寧も充功も眉をひそめた。

「世紀の対決、荒野に降り立つ伝説の龍使い・セフィー対はにほへたろう……か。やべえ。はにほへたろうが弟かと思ったら泣けてきた」

双葉が声にすると、荒野に降り立つ伝説の龍使い・セフィーに負けないパンチ力がある。しかもこちらは、身内としては笑えない方向でのパンチ力だ。寧、双葉、充功は揃って眉間に皺を寄せて顔を見合わせる。

七生は我関せずで、寧の腕の中で寝てしまう。

「失礼な。とにかく登録は済んだから、もう休もう。続きは明日ってことで」

一度無問題と判断したら、とことん気にしない士郎が、兄たちには男前に見える。

「お、おう」

「まあ、とにかく明日は頑張れよ」

「——あ、父さんが戻ってきたね。お帰りなさーい」

こうして兎田家の、兎田士郎の長い一日が終わろうとしていた。

バトルソード界には新たなプレイヤー、はにほへたろうが誕生した。

5

日曜日の正午前。

オレンジモール・希望ヶ丘店のアミューズメントアーケードには、オープン以来初めてかと思うような客が集まった。

まるで公式戦の地区大会でも開かれるような盛況だ。ざっと見渡しても、二百名はいる。

これではバトルが終わるまでは、商売にならない。

だが、そこは店長公認だ。事前に颯太郎とラブラブトーイの営業マンが根回しをしたのもあるが、それより何より店長も店員も仕事ほったらかしで、このバトルを楽しみにしている。

自分たちがそんな状態なので、集った来客が遊戯《ゆうぎ》目的ではない、完全にバトル見学者だということはわかっていても笑顔で歓迎「いらっしゃいませ」だ。

それでも、アーケード内の飲料水とアイスの自動販売機を満タンにすることだけは忘れていないのが立派だ。今日だけで一週間分は売れそうだ。

「――あ、来たか」

「来た来た！　遠目からでもわかるキラキラ感！　希望ヶ丘の大家族だ」

士郎と一緒に父兄弟が揃って到着すると、ざわめきが起こる。

「兎田さん！　見に来たわよ」

「士郎くん、大変だったわね」

「七生くんったら。また、可愛くなってぇ」

「寧くんも立派になったわね～」

バトル見学さえ無縁そうな奥さんたちが、車型の子供用カートに七生を乗せた颯太郎を一瞬にして囲んだ。

そして、その現象は各兄弟たちにも起こる。

これが希望ヶ丘のキラキラ大家族パワーかつ引力。もとい、無自覚な追っかけ軍団の情報網と行動力だ。

やはり、現役の公立中学生から幼稚園児までが揃う兎田家の話題は、一つ出たら上下左右に広がっていく。

今は保護者も生徒もネットワークが充実しているので、内々で回しているにしても侮《あなど》れない拡散力だ。

そこへ福原と仲間二人がやってきた。

「なんだ、このギャラリーは」

「昨日派手に宣戦布告したし、今日も休みだからじゃないか？」

「ふん。俺も大したものだな。こんな田舎でも噂を聞いて、わざわざ勝負を見に来る奴がいるなんて」

何をどう勘違いしたのか、昨日よりも〝俺はセフィー様〟態度が増していた。

ただ、そんな彼らを見たギャラリーの反応はといえば……。

「あいつ、誰？」

「武蔵から超激レアカードを奪い取った奴だよ」

「ああ。聞くところによると、寧さんに土下座させたのに、カードを返さなかったんだって!?　ひでぇよな」

完全にアウェイだった。

「自分の顔を棚に上げて、ブスとかゲスとか言ったんだろう？」

「お前のとーちゃんデベソも言ったらしいな」

「ちょ！　それ、寧さんに向かって言ったの!?」

「最低！　兎田家のキラキラパパが、デベソなはずないじゃない！」

「それで士郎が敵討《かたきう》ちなのか？」

「頑張れ、士郎！　そんなよそ者、叩き潰しちまえ!!」

福原の実力にはいっさい触れられず、昨日の話も完全に一人歩きしている。

これには寧と双葉も苦笑だ。

「寧兄。話が変わってない？」

「そうみたいだね。でも、どっから出てきたんだろう？　父さんのデベソって」

「さぁ？」

そんな話、この場で盛り上がっている奥さんたちが聞いたらどうなることか。

少なくともバトルどころではなくなりそうなので、寧と双葉もこれ以上は口を噤む。

そして、充功と士郎のほうへ視線を向けた。

「士郎。奴らが来たぞ。準備はできてるか」

「万端《ばんたん》だよ」

アーケードの専用台でカードバトルを遊ぶには、前もってネット登録した個人の会員データをQRコード化したものと、自分で決めたパスワードがいる。

QRコードは自宅のパソコンでプリントアウトしてくるか、スマートフォンや携帯電話の画面で用意するか方法は様々だが、それをインターネット回線に接続されたテレビ型の専用ゲーム台に読み取らせて、バトルができる仕様だ。

一試合行うのに一人百円かかるが、そこは場所代であり専用台利用料みたいなものだ。大型モニターの対戦台になると一試合で二百円になるが、それでもホームシアターサイズの画面でバトルができて、周りと見られるのはプレイヤーにはたまらないらしい。

これがどこでも一番人気だ。決して「それなら自宅でも工夫すれば、似たようなことができるんじゃないの？」と言ってはいけない。

自宅では味わえない興奮と熱気、人と人との交流があるからこそ、プレイヤーたちはアーケードに足を運ぶのだ。

ただし、残念ながら、今回のようなトラブルも発生してしまうが――。

「待たせたな」

士郎のそばへ福原が寄ってきた。

「いいえ。わざわざ来ていただいて、ありがとうございます」

「ほら、約束のカード」

優音の激レアカードと武蔵の超激レアカードを二枚を差し出してくる。

だが、士郎が反射的に手を伸ばすと、

「おっと。これはまだお前のものじゃない。いいや、一生お前のもとには戻らない」

わざとらしくカードを引いて、高笑いを上げた。

士郎は溜息交じりに「はぁ」と、相づちしか打てない。

それを見ていた充功も、ここまで来ると怒る気にもなれないらしい。「駄目だこりゃ」と言いたいのをぐっと我慢し、双葉と寧のもとへ行く。

「あいつ、完全に酔ってるよ」

「荒野の立ち飲み屋で悪い酒でも飲んできたんじゃん？」

「――二人とも。始まるみたいだよ」

そうこうしているうちに、士郎と福原が大型モニター台の前へ移動。

「じゃあ、スタンバイだ」

「はい。よろしくお願いします」

モニター前、中央に置かれたコインバーにセットされたタブレットをそれぞれが手にしてから、コインイン。

タブレット画面にＱＲコードリーダーが表示されたところで、エントリー開始だ。

その様子を理解できる者から、たんなる立ち話に発展している者までがざわめき始める中、一人の男がスーツ姿に大きな紙袋を持って駆けつけた。

「兎田さん。もう始まりましたか？」

「あ、営業さん。もしかして、わざわざ試合を？」

「はい。昨夜の士郎くんのカードセット内容が、どうしても気になって。よかった。バトルはこれからみたいですね」

「ええ」

七生をカートから下ろして抱えていた颯太郎の隣に並んだのは、ラブラブトーイの営業マン。彼の立場から見ても、このバトルはかなり興味を誘うものらしい。

「あ、これ。小さいお子さんにお土産です。はい！　どうぞ」

しかも、仕事相手が絡んでいるので、気配りも忘れない。

営業マンは持参した紙袋の中から、体長三十センチほどのムニムニのぬいぐるみを七生に差し出した。

「ひゃっ！　かーいー」

一番人気だけあり、やはり芋虫コロコロのフォルムやつぶらな瞳が可愛い。

七生は受け取るや否《いな》や、両手でギュッと抱きしめた。

「かえってすみません。七生。お礼を言って」

「あっとねー」

「どういたしまして。あ、あと二つありますので、こちらはバトル後に」

樹季と武蔵にも持ってきたようだが、さすがにこちらは大型モニターに目が釘付けだ。

「頑張れ、士郎くん」

「負けるな、しろちゃん！」

樹季と武蔵はこれまでに見たことのない光景にドキドキしながら、士郎のバトルを見守り、心から応援している。

「おい。せっかくギャラリーも多いことだし、ドラマチックモードでやるか」

未だアウェイに気づいていない幸せな福原は、手にしたタブレットでバトルモードの設定を始めた。

一応、士郎にも確認を取ってくる。

「それだと確実に、三分では終わらなくなりますよ」

「だから、サービスだよ！」

どうやら昨夜のうちに、最速モード設定を行っても、一試合に最低三分以上はかかることに気づいたようだ。

それをごまかしたかったのか、バトル演出が長めのドラマチックモードに設定している。

「では、サービスついでにお願いが。手札《てふだ》設定を〝伏せない〟にしていただけますか？ここだけ公式大会ルールではなくなってしまうんですけど」

ついでとばかりに、士郎が頼んだ。

何を頼んだかといえば、五十五枚のカードをすべてばば抜きのように、自分で見ながら試合をしたい――ということだ。

通常はシャッフルされて一山にして伏せられる。

それを上から引きながら自軍にオープンカード五枚、伏せカード五枚の体制で交互にアクションを起こして戦っていく。

「マジかよ!? 手持ちは伏せ引きでやったほうが、まだ運に頼れるぞ」

「そうなんですか？ でも、僕は見ながらのほうがやりやすいので」

「ちゃんと覚えてねぇのかよ。知らねぇぞ、後悔しても」

福原の言う〝引き運〟は、バトルの面白みを増すと同時に、ときとして勝敗をも分ける。

そして、この運なしにバトルをするということは、手持ちのカードをすべて自分の意思で操れる。

場に出すカードの種類によっては、最初から大がかりな攻撃技も出せるということになり、こうなると戦略以前に手持ちのカードの種類と強さが勝敗を分ける。

福原は、少し考えながら基本設定を進めた。

「お前。本当にこれで開始していいのか？ まだ伏せ設定に戻せるぞ」

「お気遣いありがとうございます。でも、僕は運に頼る勝負はしない主義なので」

「——その言葉、忘れるなよ」

一度は手を止めるも、淡々と答えた士郎にムッとし、福原が設定を完了させた。

そのままバトルスタートのアイコンを指で流した。

すると、大画面にオーケストラのオープニングが流れ、エントリーされたバトルネームがドドンと表示される。

「おっ。始まった！　相手は、荒野に降り立つ伝説の龍使い・セフィーか。プレイヤー自身は見ないほうが盛り上がれるけど、完全なドラゴンソード使いだな」

「士郎は――、え？　はにほへたろう⁉」

この段階で見学に来た充功の友人たちが、そして中尾と優音が困惑した。

充功や双葉は失笑するだけだが、何を持ってして〝はにほへたろう〟なのか⁉

多少なりにもドラゴンソードの知識がある者たち、自身もエントリーネームを持っているプレイヤーたちだけに、士郎がこの名前にした意図がわからなかったのだ。

どんなに求めても、意味など無いのに――。

「え⁉　なんだあれ？」

「士郎くん！」

しかも、最初に双方からセットされた二十枚のカード、そのうちオープンカード十枚の内容が更に驚愕ものだった。

福原陣にドラゴンが五体、士郎陣にムニムニ五体が現れて対峙したからだ。

「うわっ！　超・大人げねぇ」

「設定で自分の手札はすべて見れるし、好きに出せるようにしてるから、相手はドラゴン五体で押し切る力業《わざ》に出たんだろうな。士郎が何をしたくて、ムニムニ五体なんだかはわからないけど」

「だとしても、ひってぇ絵面《えづら》。普段はカッコよく見えるドラゴンが、悪役にしか見えねぇよ。全力でムニムニを応援したくなる。頑張れ、ムニムニ！」

アーケード内のギャラリーから、正直すぎる感想が次々と上がる。

「あれ。士郎にやらせなくてよかったですね。批判の嵐ですよ」

「ははは。本当ですねぇ」

笑顔で颯太郎に言われた営業マンは、昨夜の自分を心底から反省したようだ。

だが、バトルは始まったばかりだ。


最初のアクションは福原からだった。

福原はタブレットで陣地のカードを操作しながら、ニヤリと笑う。

士郎も同じような仕草で、淡々と操作する。

「うわっ！　相手が初っぱなから伏せカードのタツノッコーを魔法瓶で進化させた！」

「士郎！　ムニムニで攻撃してる場合じゃない！　そんなのスカイツリーに小石を投げるようなもんだぞ！　効くわけがない！」

二回目のアクションも、福原、士郎の順だ。

「奴のアクションは、また伏せカードのタツノッコーを進化だ」

「あいつ。最短アクションで終わらせる気だな。これで次のアクションでセブンズアタックが発動できる」

周囲のざわめきが増し、誰もが息を飲む。

「しろちゃんっ」

武蔵は樹季と手を繋ぎ、今にも泣きそうだ。

すると、ここで初めて士郎が伏せカードの一枚をオープンした。

「あ！　士郎がゾンビカレーを投げた」

「でも、相手もトラップで守備――攻撃発動だ！　鏡で倍返し食らってるよ！」

「何してんだよ。ムニムニが大暴れして――、あ。けど、そこまで被害はないんだな」

大型画面いっぱいに、行き来するゾンビ型のカレーは、良くも悪くも目の毒だった。

寧が「やっぱり教育上よくない」と眉をひそめる。

ただ、二倍の威力で返ってきたカレーをくらってゾンビ化しても、コロコロしたフォルムのムニムニは、これはこれで可愛いかった。

「ムニー」「ムニー」鳴きながら陣地で暴れているが、表示されるヒットポイントの貧弱さまで含めて、すべてが愛《いと》おしいレベルだ。

「ゾンビになっても全部ムニムニだからな。二倍返しで、自分の体力がなくなるまで暴れても、何ほども壊せないのか。改めて気づいたかも」

「ってか、これ。和《なご》むわ～。初心に返るっていうか、なんていうか」

そうして、倍返し攻撃を食らった士郎から、三回目のアクション。

士郎は使ったカードを補充することなく、場に出た伏せカードから新たな一枚を開いた。

「でも、ここから士郎はどう攻撃するんだ？　次は確実にセブンズアタックを食ら……」

「うわっ！　ゾンビカレーをお代わり!?　二枚も伏せてたのかよ！」

この瞬間、アーケード内に激震が走った。

「ひぃっつっ！　ドラゴン七体がいっせいにゾンビ化して暴れ始めたぞ！　奴の陣地がすっげぇことになってる」

「そうか！　相手は最初の伏せカード五枚のうち、四枚を進化用で使って、補充できない状態で唯一の鏡を使った。そこで二回続けてカレーを投げられたら、もう返せないんだ」

「普通は素人《しろうと》でも、鏡は二枚ぐらい仕込んで置くけどな。奴はドラゴンを二体増やすために、防御がスカスカだったんだな～」

周りが解説に盛り上がる中、樹季と武蔵はキャーキャーはしゃぎ、双葉と充功は目を見開いて唖然としている。

士郎本人は表情ひとつ変えずにどこ吹く風だが、大画面の中で大暴れしているドラゴンを目の当たりにしている福原は真っ青だ。

仲間たちも、悪夢を見せられているとしか思えず、「え？」「え!?」しか言葉がない。

そのうち福原のドラゴンが、バタバタ倒れていく。

「あ……。ドラゴンが相打ちで四体逝《い》った」

「奴の手持ち。残りのカードがなんだったのかはわからないけど、ほとんど壊滅状態じゃないか？」

「そら、ワンセットぶっ飛ばす威力のセブンズアタックに近い攻撃をされたんだから、こうなるって。けど、シュールだな。まさかこんな惨状を見る日がこようとは」

「――っか、これもう自滅じゃね？　さすがにドラゴン三体じゃ、残りのバトルもきついだろう」

「いや、それでも奴のドラゴンは激レア揃いだ。もとのレベルが高いから体力もある。たとえ半分減っても、ムニムニばかりじゃ倒せない。仮にここで士郎が手持ちのドラゴンを出しても、あいつのドラゴン三体を一度には倒せない。ここから士郎が、ドラゴンを続けて出してくれれば別だけど……」

そうして、ゾンビカレーの効果が無くなったところで、福原が陣営を立て直すために伏せカードの補充をして、アクションを終えた。

士郎が四回目のアクションをかける。

「うわっ！　だから、どうしてムニムニで攻撃なんだよ!?　士郎の手札って、どうなってるんだ？」

「俺がやったカードの中には、ドラゴンソードもあったはずだろ⁉」

しかし、これ以後もしばらく士郎の攻撃は、ムニムニだけに絞られた。

福原は、士郎の場に出てくる最弱のムニムニを最強のドラゴンソードで攻撃し続けるという、痛々しい展開を繰り返すしか残っていない。

「ムニムニがまた飛んだっ！　可哀相だよっ。ひどいよぉっ」

ゲームの演出をドラマチックモードにしたがために、ドラゴンから攻撃を受けるたびに、ムニムニが目に涙をいっぱいためて、そして流しながら飛ばされていく。

しかも、フィールド脇に戦闘不能になったモンスターたちの屍《しかばね》が積まれていくという切なさは、もはやR12指定ものだ。

ギャラリーは苦笑、武蔵はとうとうギャン泣きし始める。

七生がムニムニのぬいぐるみに気を取られてるのが、唯一の救いだ。

そうして、バトルも終盤。士郎の手持ちカードが十枚を切った。

「あ！　武蔵。見て、タツノッコーが出てきたよ！　ドラゴンに進化したぁ‼」

「本当だ、いっちゃん！」

士郎がようやくドラゴンを出してきた。

それもタツノッコーからの進化だ。武蔵もこれには涙を拭いて満面の笑みだ。

とはいえ、そんな歓喜はほんの一瞬で打ち砕かれる。

「えーっ。一発でやられちゃったよぉっ。いっちゃん」

「せっかくウォータードラゴンになったのにぃ～」

福原のドラゴンと伏せカードの発動により、三位《さんみ》一体《いったい》攻撃を食らって、まだ何もしてないのに倒れてしまったからだ。

しかも、これで多少は抱いていたかもしれない危機感から解かれたのか、福原がニヤリと笑った。

「どんなに頑張ったところで、ムニムニレベルの攻撃じゃ、体力半分でも余裕だぜ。ここからドラゴンや、ドラゴンソードを出したところで、もう手遅れだ。何をどうしたところで、二体、三体は一度に出せない。だが、一体ずつ出したところで、こちらの三位一体攻撃で撃沈だ」

どうやら手元に生き残ったカードは、三位一体攻撃ができるものが多いようだ。

あとは、双方手持ちのカード残数、残りのアタック数を考えて、これなら最終的に勝てると確信したのだろう。

すると、ここに来て士郎が、眼鏡のブリッジをツイといじった。

バトル開始後、ポーカーフェイスで無言を貫いてきたが、初めて口を開く。

「それはどうでしょう。僕のアタック。手持ちからムニムニを一体場に出し、ムニムニ五体の魂、そして屍から三十五体分の無念を一つに合わせて、弱者の呪いを発動――」

口角をクイと上げて微笑み、タブレットを指で流して、新たな攻撃を繰り出した。

「弱者の呪い⁉」

福原がハッとしたときには、すでに遅い。

ムニムニ四十体が一斉に「ムニー」とフィールドへ飛び出し、黒く変化し、鎖のように連なった。

そして、福原のドラゴン三体を陣地ごと縛り、ここから三アタックを封じられる。

「え⁉　充功。なんの呪いだって⁉」

「そんなのどうでもいいよ。士郎の奴、やっとドラゴンと剣を出してきた！　ようやくゲームタイトル通りになってるぞ！」

士郎の快進撃が始まると、アーケード内に歓声が上がった。

「おおっ！　ウォータードラゴンを蘇らせた！」

「ソードのカードを揃えて、ウォータードラゴンソード炸裂だ！　続けてサンダードラゴンソード炸裂！　水と雷でダメージが三倍になった！　奴のドラゴンが一体倒れたぞ！」

さすがに三アタックでドラゴン三体は倒せなかったが、それでも一体を撃破。

残り二体も瀕死に追い込み、三位一体の攻撃もこれで封じた。

「ちくしょう！　行け！　ファイヤードラゴンソード‼」

「二倍返しの鏡を発動」

「うっ！」

その後も福原のドラゴン一体を撃破。

最後の一体、福原のドラゴンの中で一番強かったゴールドドラゴンソードが残る。

「こうなったら、最後の手段だ。ゴールドドラゴンソードにふたご座流星群のカードを融合《ゆうごう》、怒濤《どとう》の龍星剣《りゆうせいけん》！」

「逃げ狼《ろう》発動」

「何っ!?」

流星のごとくドラゴンソードが場にいるモンスターすべてに降り注ぐ中、士郎が放った逃げ狼《ろう》が、自らを犠牲にして遠吠えを上げた。

場にいたドラゴン二体がスッと消え、攻撃が止むと再び現れる。

「っ……っ」

やはり古人《こじん》の言い伝えは正しかった。これで福原もあとがない。

顔面どころか全身を震わせる福原に勝利を確信してか、士郎の口角の片側が上がった。

戦いを操作し続けた人差し指をスッと構える。

「これが最後のアクションだ。いけ、チビムニ。なけなしの抵抗」

生き残ったドラゴンが二体いるにもかかわらず、士郎は手持ちのカードから最弱中の最弱モンスターを場に出し、攻撃させた。

大画面では、オムツをはめて一段と愛らしいチビムニが、「ムニッ」とフィールド上へ飛び跳ねる。

そして、身体をしならせ一気に伸ばすと、はめられていたオムツがスポーンと外れて、福原のゴールドドラゴンソードにポコンと当たった。

たったの一ポイントだが、ダメージを与える。

しかし、次の瞬間。大画面では土煙《つちぼこり》が上がっていき――。

「わ！　ドラゴンが倒れた！　チビムニが勝ったよ、いっちゃん！」

「やったー！　士郎くんが勝った！　武蔵、士郎くんが勝ったよ‼」

オムツポコンに、最後のヒットポイントを奪われたらしく、ドラゴンが倒れた。

断末魔を響かせ、それは素晴らしくドラマチックに倒れて、とどめを刺したチビムニの笑顔が大画面いっぱいに広がっていく。

ＷＩＮＮＥＲ《ウィナー》――はにほへたろうと、デカデカと表示もされる。

「やっちゃー！」

七生もムニムニを手にして、大はしゃぎ。

アーケード内に大歓声が起こるが、何もかもが想定外の痛々しいバトルだ。

とてもではないが自分事とは思えないのだろう、福原が唖然としながら膝を折る。

「嘘だろう。あいつ、もしかしてセット内にサンダードラゴンソード一枚しか入れてなかったのか？　あとはタツノッコーやムニムニで……。それで勝ちやがったのか？」

「ゾンビカレーを続けて出されたとはいえ、福原さんが揃えたシルバー、ゴールドクラスのドラゴンソード五体が負けるなんて……。悪夢としか思えない」

福原の仲間たちも混乱気味だった。

それでも、バトル状況を頭から思い起こすと、信じられないものを見たという現実に気づく。

そして、それは充功の友人たちを始めとするギャラリーも同様で――。

「――なあ。俺、公式ルールのバトルで弱者の呪いって、初めて見たんだけど」

「そりゃそうだ。弱者の呪い発動には、ムニムニ本体や屍を合わせて四十体分が必要だ。けど、ムニムニは二十体が出たところで、本来チビムニをポイズン揚羽《あげは》に進化できたり、他にもけっこう使い道がある。それをいっさいせずに、ひたすら貯めて弱者の呪いを発動なんて、普通はしない。ってか、できない。呪いは確かに相手を三アタック封印できるけど、必勝法じゃない。セブンズアタックのような、絶対的な破壊力があるわけでもないのに、五十五枚中四十枚をムニムニにするとか、まずないって！」

「だよな～。カードを集めたての初心者同士の戦いじゃない限り、こんな弱小デッキで勝負なんて、まずしないもんな」

「――でも、士郎はわざとムニムニメインで戦ったんだよな？　そうでなければ、最後の一撃までチビムニって。まずないもんな？　あれ、完全にいやがらせだよな？」

知るもの同士による、今のバトル分析が行われた。

「瀕死《ひんし》だったとはいえ、ゴールドドラゴンソードがチビムニのオムツでとどめを刺されるなんて。ドラゴンソードバトル始まって以来の悪夢としか思えない。こんなのRPG《アールピージー》のラスボスが、勇者が最初に出会うレベル上げ用の雑魚《ざこ》モンスターにやられるのと一緒だぞ」

「うん。そもそもあのオムツ攻撃だって、クリエイターの遊び心。スターターセット利用の初心者同士でも、笑って楽しめるようにって作ったたって話だしな」

中には、自分が負けたわけでもないのに、頭を抱える者も続出だ。

これればかりは、ドラマチックモードで見てしまった影響が大きすぎた。

それでも、すべての経緯を知るからこそ、感極まった者もいて――。

「伝説だ。俺は伝説誕生に立ち会った！　これが初バトルなんて信じられないよ！」

中尾が自分の立場も忘れて叫んだ。

「――え!?　士郎って今のバトルが初バトルなの!?」

「昨日の夜にカードもルールも初めて見たって、どんな天才なんだよ！　ってか、もう神だろう！」

「さすがは希望ヶ丘の神童・士郎だ！　キラキラ四男、最高！　ブラボー!!」

周囲の歓喜、盛り上がりが大きすぎて、完全に充功や双葉たちは置いてきぼりだ。

それでも、タブレットをコインバーに戻して、ホッと一息つく士郎の肩を抱きに行く。

「士郎。伝説を作ったってよ」

「おめでとう。神だって」

両側から「よくやった！」と、頭も撫でる。

しかし、それでも士郎本人は特にはしゃぐこともなく、淡々としたものだ。

今一度、眼鏡のブリッジをクイと上げる。

「別に、大したことじゃないよ。結局カードゲームはカードゲームだ。ルールとカードの種類や特性を把握した上で、相手の公式対戦記録から戦略パターンと性格を読んでいけば、これぐらいの作戦は確率計算で立てられる。最終的に弱者の呪いで勝負することを前提にしてるから、むしろ決め打ちで計算もしやすかったしね」

「戦略に性格？」

「もしかして、それで〝手札を見ながらの設定〟を希望したの？」

本人からの解説を聞きたかったのか、中尾や営業マンもそばへ寄る。

「はい。相手は〝バトルを三分で終わらせる〟って宣言したぐらいですからね。絶対に最短決着、力業でくると思ったんです。けど、手札を伏せたら、ここは引きに左右される。たとえカードを仕込んでいても、セブンズアタックには時の運も必要だ。だったら初めから自分の思い通りのカードでバトルしてもらうほうが、手っ取り早く出してもらえる。というか、こちらはゾンビカレーを使いたかったので、どうしても最初の段階で五体のドラゴンを場に出してほしかった。できることなら、タツノッコーも進化させてほしかったので、狙いどおりでした」

どうやら士郎にとってのバトルは、昨日から始まっていた。

相手のプロフィールや言動からバトルに大きく影響する性格を読む。これが第一段階だったようだ。

「もっとも、最初の五体の中には、ファイヤードラゴンソードがいた。そして、それは最後の三体まで残っていた。先を見越して〝ムニムニの屍〟を焼き払われていたら、完全にアウト。ここで相手に火葬《かそう》されると成仏《じょうぶつ》して、弱者の無念が浄化されてしまうから」

それでも、手持ちのカードセットに圧倒的な差があったため、内心冷や冷やしていた。

ポーカーフェイスの下では、多少は祈るような気持ちもあったようだ。

「でも、あいつは僕が初心者だから油断した。ゾンビカレーにしても、タツノッコーの進化にしても、初心者の鉄板攻撃だ。そこに大量のムニムニが出てきても、意味があるとは考えなかった。単純にドラゴンカードが集めきれなかったか、カードを覚えきれなくて、これしか使えないと考えたんでしょう」

もちろん、寄贈《きぞう》されたカードをフルに使って、士郎自身が最強と思うセットを作っていたら、これはこれでバトルソード史上に語り継がれる名勝負が繰り広げられただろう。少なくとも主役のドラゴンが痛々しいなどという印象は残らなかったはずだ。しかし、士郎の一番の目的を考えるなら、「最弱モンスターで最強モンスターを倒す」ことに意義があった。

そして、福原に対して一番言いたかったのがこれだ。

「――ようは、今回勝てたのは、全部相手の奢《おご》りのおかげです。逆を言えば、僕が勝てるチャンスはそこにしかなかった。強さにあぐらをかいて、弱者を甘く見るから痛い目に遭う。ただ、それだけです」

あえて聞かせたと思える士郎の言葉に、膝を折った福原が両手で頭をかきむしった。弱い者いじめをしたらどうなるのか、身をもって味わったことだろう。

「――で、結局。士郎が思い通りに試合を運ぶには、どんな確率計算になるんだろう」

寧がそれとなく、双葉に耳打ちした。

「さらっと言ってるけど、天文学的な数字になるんじゃない？　だって、五十五枚のセット同士の戦いで、カードそのものは六百種類以上発売されている。その中からお互い、何をセットに仕込んでくるのかはわからない。わかっているのは手持ちのドラゴンカードは五枚まで。あとは魔法系が何枚までとか、合成カードが何枚までとか、大枠でしかわからないからね」

「そうか」

「まあ、でも。バトルのしょっぱなから、無防備にタツノッコーを二体も進化させたのは、士郎の心理戦に乗せられてたんだと思う。福原は士郎に〝運に頼る勝負はしない〟ってきっぱり言われて、プレイヤーとして自尊心を煽られた。それまで多少は残っていただろう初心者への気遣いさえぶっ飛んだ結果が、大人げないカードセッティング。のっけからのドラゴン祭りだろうからね」

士郎からデータ収集を任されていただけあり、双葉もかなり分析していた。今日は福原の心理状況なども、注意を払って窺っていたようだ。

それでも、今現在の福原の気持ちまでは読めていなくて――。

「うっっっ……」

「あ、セフィーさん。僕が勝ちましたから、弟と優音くんのカードを返していただけますか？」

「うぉっっっっ！」

士郎が声をかけたと同時に、福原がうなり声を上げて立ち上がる。

「え!?」

「士郎！」

双葉や充功が咄嗟に庇おうとするも、福原は片手で士郎の肩を掴み、そしてもう片方の手で武蔵と優音のカードを差し向けた。

「申し訳ございませんでしたっ！　このたびはすべて俺が悪うございました。このとおり！　すみません！　ご家族様含めて、どうかお許しを！　ごめんなさい!!」

「――は、はい」

「つきましては、はにほへたろう様。どうか、俺とペアも組んでください。はにほへたろう様となら全国制覇も夢じゃない！　ペア大会に俺と出場――お願いします!!」

福原が目にいっぱいの涙をためて、そしてそれをボロボロと流しながら、士郎にカードを返して懇願。

その表情は、泣きながら飛ばされていくムニムニによく似ていたが、愛らしさは全くない。むしろ、恐い。

「へ？」

この手のひら返しには、士郎以上に充功や双葉たちが引いた。

しかし、まったく周りが見えていないところは、素晴らしいぐらいの初志《しょし》貫徹《かんてつ》だ。

福原は、つぶらとは縁遠い三白眼を輝かせて、士郎にすがっていく。

「俺は目が覚めたんです。はにほへたろう様の試合前からの心理作戦、誘導、何よりその頭脳攻撃に痺れて、覚醒したんです。これぞまさしくウォーター&サンダー！　俺は全世界のドラゴンソードファンに宣言してもいい。プラチナソードドラゴン五体より、はにほへたろう様のほうが超・激レア！　神！　究極の切り札だと！」

「そ、それはどうも……」

他に答えようがなくて、士郎も苦笑した。

福原には、この二日間で一年分は苦笑を強《し》いられたように思う。

そう考えると、彼は彼で奇特な存在だ。二度と現れてほしくないタイプだが――。

「ってか、この期《ご》に及んで、はにほへたろう様を連呼するのはやめろよなっ！」

「うわっ～。キモ」

充功と双葉もげんなりだ。

そして、どこまでもつきまとう〝はにほへたろう様〟の登録を、目の前で許してしまった自分にも、何か見当違いな怒りが起こってくる。

「つきましては～。早速ですがゴールデンウイークと夏休みに大会があるんですよぉ。夏休みならまだ間に合うので、この場ではにほへたろう様とのタッグ参加を登録していいですかね？　ゴールデンウイークには俺のアドバイザーで協力していただくってことで。あ、そのエントリーネームの改名のお考えは？　はにほへたろう様には、もっとグレートな名前がお似合いかと思うんですけど～」

ただ、このエントリーネームだけは、福原でさえ気になっていたらしい。

大会登録用にスマートフォンを取り出しながら、それとなく改名を勧めてきた。

「えっ。無理ですよ」

しかし、一度無問題《むもんだい》と判断したら、永久に問題無し。士郎がさらっと答える。

「失礼しました！　やっぱり、はにほへたろう様名義にも特別なこだわりがおありで」

「いえ。そういうことではなく。もうバトルはしません。レポート制作もあるし」

福原の胸に、セブンズアタックレベルの衝撃が突き刺さる。

「は？　もうバトルしない!?　レポート制作!?　まさか、はにほへたろう様ほどのお方が、春休みの宿題を忘れて今やってるんですか!?　それとも難関中学受験!?」

「どちらも違いますよ。せっかくだから、今日の対戦内容を軸にしたゲームレポートを書いて、ラブラブトーイに送ろうかと思ってるだけです。それにもう、無料会員の登録も解除しましたから」

「解除……しました……から？」

バトルが終われば用はなし――。

何事も手早く、潔《いさぎよ》く士郎は、すでにはにほへたろう様の存在を消去していた。

福原は完全に魂を抜かれた。再びその場に膝を折って、仲間二人に撤収されていく。

するとそのすきに入り込むように、今度はラブラブトーイの営業マンが顔を出す。

「いやいや、士郎くん。すでにこの目で、戦いぶりは見せてもらったよ。レポートも嬉しいけど、いっそうちにこない？　ゲーム開発部や試験チームが大歓迎すると思うよ」

話の傍ら、武蔵や樹季にしっかりムニムニのぬいぐるみを手渡している。

まずは士郎の弟たちから懐柔《かいじゅう》、手の内に入れてしまう算段だ。

「えっと。僕はまだ四年生ですけど」

「わかってるよ。だから、客員アドバイザーみたいな感じで、どうかな？」

すると、士郎がムニムニを手にして喜ぶ弟たちを見ながら、頭をぺこりと下げた。

そして、

「――でしたら、ここでも言えますよ。もっと出荷前の検品を充実させて、まずは超激レアカードのミスプリントは世には出さないことがお勧めです。あとは、もったいぶらずにドラゴンソードの出現率を二パーセントぐらい増やしたほうがいいですね。変なマニアが増えないし、プレイヤーの購買意欲も五パーセントは増すと思います。それからちょっと、公式サイトのセキュリティが甘い印象があったので、一度徹底的に見直したほうがいいかもしれません。サーバー内でドラゴンが暴れたら洒落《しゃれ》にならないですからね」

一応、お礼のつもりらしい。

さらっと、だが、グサグサと胸に突き刺さるようにアドバイスを口にした。

見る間に営業マンの顔色が悪くなる。

「――あ、ありがとう。今すぐ会社に言って確認させるよ。今日はこれで――。あ、でも、また近いうちにまた会いに来るから。じゃあ！　兎田さんも改めて！」

勝手に約束を取り付けて去っていくところは、やはり職業柄だろうか？

その割に、悪印象がまったくないので、営業マンとしては敏腕《びんわん》かもしれない。

颯太郎も普通に「お疲れ様でした」と返している。

「恐るべし、はにほへたろう。発売元の営業に向かって、ミスプリントを責めた挙げ句に、購買意欲の話までしやがった」

「セキュリティが甘いって。士郎は昨夜、公式サイトで何を見てたんだ？」

一息つくと、充功と双葉がこれはこれで首を傾げ合う。

「それより、昨夜セットしたカードの中に、ゾンビカレーって二枚あったっけかな？」

「まさか、触れちゃいけない闇か⁉」

一瞬冷や汗が背中に伝うが、そこは士郎が「充功の友達がくれた中にもあっただけ！」と闇操作は否定した。

ただし、「サーバーは覗いたけど、ずるはしてないよ」と、否定にならない否定もしたが――。

「それにしても、弱者の呪いか」

「まさに敵討ちだね」

颯太郎と寧もバトルが無事終わり、安堵した。

福原も心を入れ替えた？　ように見えたし、七生もムニムニのぬいぐるみのおかげもあって、終始ご機嫌だ。

「ひっちゃ。おっとろー」

「うん。可愛いね。武蔵や樹季とおそろいで、よかったね」

そうして、カードを持った士郎が、改めて優音に差し出した。

「はい。優音くん」

「ありがとう、士郎くん。本当に、ごめんね」

「ありがとう。もとはといえば、俺が――。ごめんな」

「もういいですよ。これで終わりです。これからも仲良く、お願いします」

優音と中尾は最後まで謝罪した。

だが、それを士郎が受け止め、もっともいい形で返したことで、ようやく二人にも本物の笑顔が戻る。

そして、待ちに待っていた武蔵にも超激レアカードを差し出すと、

「はい。お待たせ。武蔵のカード」

「しろちゃん、ありがとー！」

「どういたしまして」

ムニムニと超激レアカードを手にして、今年に入って一番の笑顔を見せた。

形にこそなっていないが、武蔵は武蔵なりに士郎や家族、そして周囲の優しさや協力を

全身で感じていたのだろう。

「いっちゃん。サンタさんが戻ってきたよっ！」

「うんうん！　よかったね、武蔵」

「うん！」

樹季も武蔵同様、ニコニコだ。

「じゃあ、そろそろ買い物をして帰ろうか」

「はーいっ！」

颯太郎のかけ声に、大家族八人が揃ってアーケードから食品売り場に移動する。

「士郎。今夜は何がいい？　勝利のご褒美に好きなものを作るよ」

ただ、キラキラと輝く大家族八人が固まって動き始めると、士郎は瞬く間に埋没《まいぼつ》した。

「肉だけの豚汁――かな」

「え？」

家族内で笑いを誘うことはあっても、傍目には目立たない。個人で目を引くことは、ほとんどなかった。

「そんなこと言ってると、今夜は丸ごと樹季と充功に持っていかれるぞ」

「双葉兄さん。だから、肉しか入ってない豚汁なんだよ。これなら野菜の代わりに奪われる理由がないでしょう」

「あ、そっか！」

しかし、これが大家族四男・士郎にとっては平和の証《あかし》。家族にとっても、幸せの証だった。

*** 第三章 ***

一人に一つ、モンスターエッグ

1

降って湧いたとしか思えないカードバトルで盛り上がった週末も終わり、一夜が明けて新たな週を迎えた。

この一週間を乗り切れば、ゴールデンウイークに突入する。

颯太郎《そうたろう》や寧《ひとし》の仕事の都合もあり、士郎《しろう》たちに旅行や遠出をするようなレジャー予定はない。

だが、家族揃って母親の墓参り、月に一度か二度の外食、夏物衣類や食品を中心とした大がかりな買い物、家庭内バーベキューなどの日程はすでに決まっている。

これだけでも家族にとっては一大イベントだ。

いつもはシャキッとするまでに時間のかかる月曜の朝も、自然と元気が湧いてくる。

一貫して寝起きの悪い、ある意味ブレのない武蔵《むさし》以外は――。

「行ってきまーす」

「いってらっしゃい」

「バウバウ」

時間になると、兎田《とだ》家からは順番に出かけていく声がする。

「行ってくるよ、エリザベス」

「バウン」

早めに出るのは電車で都心に通う社会人・寧と、公立高校に通う双葉《ふたば》。隣家のエリザベスも声を上げて見送りだ。

そこから三十分ほど遅れて、地元の公立中・小学校に通う充功《みつぐ》・士郎・樹季《いつき》も揃って家を出る。

「行ってきまーす」

「行ってきます――っ！」

しかし、自宅前には必ず充功の派手で怖そうな友人たちが、随時二人から四人は待ち構えていた。

「おはよう」

「おはようさん」

本日はバトルカードを持ってきてくれた二人だった。

普段着も派手だが、若干アレンジの入った学生服に茶髪はいっそう目立つ。天気のよい日《ひ》は陽を弾《はじ》いて、金髪に見えるぐらいだ。

「おはようございます。先日はカードをありがとうございました」

「いやいや、いいって。バトル、すっげー面白かったよ」

「樹季もよかったな。カード戻ってきて」

「はい！　ありがとうございました。おはようございま〜す」

「――じゃあ、行こうか」

この友人たちが、毎朝充功を迎えに来ているのは間違いなかった。

ただ、肝心な充功が直接中学校へは登校しない。わざわざ遠回りをして士郎と樹季を小学校まで送っていくものだから、はた目からはとても声をかけづらい集団登校になっている。

「ねえ。何度も言うけど、いい加減に一緒に登校するのやめない？　わざわざ充功の友達まで引きつれて恥ずかしいって。周りを威嚇《いかく》してるようにしか見えないよ」

先頭をきって歩く士郎が、隣を歩く充功にぼそぼそと話しかける。

「当たり前だろう。マジで威嚇してんだから。うちの弟達をいじめたら、どういうことになるかわかるよな――って」

「え⁉」

士郎も充功が意図してやっていることはうすうす感じていたが、やはり確信犯だ。

同行している友人たちにその気は無さそうだが、だとしたら充功は自分の友人を利用しているのか？

　士郎の眉がつり上がる。

「急がば回れだよ。屁理屈《へりくつ》野郎のお前もへにょへにょな女顔の樹季も、俺から見たら〝いじめられっ子体質〟だ。前もって周りに釘を刺しとくに越したことはないだろう。そうでなくたって、父さんも寧も忙しいんだ。余計な騒動起こしてもめたり、学校に呼び出しとかいやだろう。特にお前は、樹季と違って泣き寝入りするタイプじゃない。その場で担任や校長さえ飛び越えて教育委員会に物申す、いや～な小学生だ。それこそ六法全書片手に、民事と刑事の境まで持ち出して、確実に騒ぎを肥大化するだろう。ま、強《し》いて言うなら、ちょっとした子供の意地悪心から、一生を棒に振るかもしれないいじめっ子を出さないための先手《せんて》策《さく》だ」

　充功にも、充功なりの気遣いや危惧があるようだが、士郎からすれば余計なお世話だ。いくらなんでも考えすぎだ。

　しかし、樹季はこの状況に不思議さも不都合さも感じていないようで、充功の友人たちともけっこう上手くやっている。

　相手が二人とも一人っ子だというのも、要因なのだろうが――。

　仲良く話を弾ませ、両手を繋ぎ、満面の笑顔で歩きながらの高い高いをしてもらいながらの登校だ。

ときにはランドセルやセカンドバッグまで持ってもらう甘えっぷりは、やはり生まれ持った才能らしい。

とてもではないが、士郎には真似ができない技だ。

「失礼な。いじめっ子体質の充功がそれを言う？　だいたい僕を世界で一番いじめてるのは充功だと思うけど。今朝も僕のベーコンとにんじんを取り替えて」

「そんなの当然の権利だ。誰がお前にミルク飲ませてやったと思ってるんだよ」

「父さんと母さん。あ、寧兄さんと双葉兄さんもかな――」

「メインは俺だ!!　お前も樹季にミルク飲みさせられてただろう！」

かといって、充功の斜めそうで、実はそうでもないブラコンぶりも、士郎には理解はできても真似できない。

実直な寧に、ちゃっかりな双葉。そこへ続いて三人目というところで、この変な方向の自己主張が育っているのかもしれないが、士郎からしたら「面倒くさい奴」の一言だ。

ここは自分を棚に上げての感想になるが――。

「だからって僕は、樹季をいじめる権利なんか主張しないよ。充功が兄の権力を振り回して横暴なだけじゃないか」

「そうやって小難しいことばっかり並べるから、何を言ってるのかわからねぇって、いじめられるんだよ」

「だからそこはもう、幼稚園のときに改善したって言ってるだろう。ちゃんと相手に合わせて言葉遣いは選んでるよ」

士郎にしたって、本心では充功の心遣いが嬉しいし、有り難い。

ただ、過去に自覚がないまま問題を起こした記憶がしっかり残っている本人にとっては、今すぐ忘れてもらったほうが嬉しいし、何倍も有り難い話ではある。

生まれて十年――神童・士郎にとって幼稚園時代の話は一番の黒歴史でもあるので、ムキになって言い返してしまう。

「あー、むかつく！　そういうのが嫌われるって言ってるだろう。ちょっとばっか人より頭がいいと思って」

「おあいにく様。今はちゃんと世間《せけん》と上手くやってるから大丈夫！」

普段は絵に描いたようなポーカーフェイスだが、充功にだけは壊される。

しかし、こうなるとなぜか周りは、微笑ましそうに二人を眺めてしまう。

「馬鹿を言え！　どこの世界の小学四年生が〝世間と上手くやる〟なんて表現をするんだよ！　友達を世間と呼ぶな、世間と！」

「痛い痛い痛いっ」

最後は充功に拳《こぶし》で頭をグリグリされたりするが、それでも樹季は心配しない。

すでにこの光景を見慣れている友人たちも、そこは同じだ。

「なあ、樹季。充功と士郎って、実はすげぇ仲いいよな」

「うん。みっちゃんとよく喧嘩するのは双葉くんと士郎くんだけど、どっちとも仲いいよ。士郎くんと僕も、寧くんと武蔵も――。七生まで一緒に、みーんな仲いいよ」

充功と士郎の小競《こぜ》り合いは、兄弟だからこそのスキンシップ。一人っ子には味わえない、七人兄弟ならではの縦社会の一環であり、信頼関係の証だ。

「結局は充功の過保護か」

「まあ、わからないでもない。実際士郎は一癖も二癖あるから心配なんだろう」

小突き合いながら通学路を歩く充功と士郎の後ろ姿に、友人たちも「やれやれ」だ。

「じゃあ、僕は？」

そこへ、樹季が小首を傾げて問いかける。

「うーん。今のままだと、ちょっと将来が不安かな」

「えー？　駄目なの？」

「駄目じゃないけど……」

「なら、いいんだよね？　ね？」

「ま、まあな」

「やったー！」

今朝も樹季の笑顔で、よくわからないまま問答が終わった。

ただ、これが友人二人には、余所様《よそさま》の弟ながら不安かつ心配だった。

うまく言えないもどかしさがあったが、樹季の小悪魔ぶりに快《こころよ》く踊っている自分たちが、本能的に「こいつは安心できない」「何か心配だ」と感じてしまう。

士郎の一癖二癖は、言動に見合う大人に成長すれば、さして問題がない気がするが、樹季の場合は大人になったときのほうが周囲を巻き込み、ややこしいことになりそうで――。

「樹季くーん」

「おはよー」

「あ、お友達だ！　お兄ちゃんたちいつもありがとう！　また明日ね！」

他愛もない話をするうちに、今朝も二キロ弱を歩いて、小学校の正門前へ到着した。

樹季はクラスメイトの女の子に声をかけられると、ニコニコ顔で去っていく。

士郎さえ置き去りだ。

「樹季は完全に充功や俺たちを防波堤《ぼうはてい》にしてるよな」

「可愛くて素直で、しかし使えるものは何でも使う天然。あれは将来大物だ」

毎日様子を見ているが、二人の樹季への不安は増すことがあっても、減ることがない。

こうなると、充功と士郎の小競り合いのほうが、見ていて安心だ。

「とにかく！　僕は学校で問題なんか起こさないし、樹季のこともちゃんと見るからほっといて」

「おっと時間だ。じゃあまたな～。あ、帰りは迎えに来れねぇけど、くれぐれも知らない人には付いていくなよ」

「そっちこそっ！」

馬鹿馬鹿しくも、周囲を和《なご》ませながら、充功は友人二人と去っていく。

これで遅刻をしないのかと思うが、毎日ギリギリで滑り込んではいるらしい。充功は今のところ、無遅刻無欠席だ。

「く……くっ」

正門から中へ入ったところで、士郎を見ながら必死で笑いを堪《こら》える大人が居た。

細身にさりげなく羽織《はお》った白いカーディガンと丸いフレームの眼鏡がよく似合う、四年二組――士郎の担任・教員歴七年の新川《あらかわ》だ。

見た目も性格も控え目な男性だが、人当たりがよく、気遣いがある。

生徒の一人一人を常に見ていて、ちょっとした変化にもかなり気づいてくれる。

一度でも気づいてもらったという実感のある生徒からは、とても信頼されており、士郎もその一人だ。

「あ、新川先生。おはようございます」

「おはよう、士郎くん。いつ見ても、弟思いのお兄ちゃんだね」

「そんな――」

「そう思わないの？」

そうして今日も気づかれる。クスクスっと、くすぐるように笑われた。

だが、これが不思議と心地よい。士郎はするっと心の引き出しを開けられるように、本根を言葉にさせられる。

「いいえ。ちょっと過保護ですけど……」

「それだけ君たちのことが可愛いんだろう。先生は一人っ子だから羨《うらや》ましいよ。先生にもあんなお兄ちゃんがいたらな……って」

恥ずかしいし、照れくさいが、悪い気はしなかった。

むしろ、嬉しい――。

士郎は小さく頷き、「はい」と答えた。

その姿は、誰が見ても心身ともに小学四年生だ。

――が、そんなときだった。

「おはようございます」

士郎と新川の横を、足早に通り過ぎた同級生がいた。

四年三組の飛鳥龍馬《あすかりょうま》。士郎は同じクラスになったことがないが、去年の暮れに入ってきた転校生だ。

誰の目から見ても長身ですらっとしていてカッコよく、その上勉強ができてスポーツ万能とあり、校内でもすぐに有名になった。

今や一部の女子の間では、アイドル的存在だ。

「待てよ！」

そして、そんな飛鳥を追いかけ、引き留めたのが中尾《なかお》優音《はると》と同じ四年一組の手塚《てづか》晴真《はるま》。

やはり飛鳥同様、四年生にしては長身で身体能力も高いが、勉強はいまいちで顔もどちらかと言えば普通だ。

しかし、責任感やリーダーシップがあり、同級生や下級生の面倒見もいい。士郎とは同じ幼稚園からの幼馴染《おさななじ》みで、かなり仲もいいほうだ。

だが、よほどの用なのか、この場は士郎どころか新川さえも丸無視した。

逆に、何事かと思い、士郎も目を向ける。

「なあ。いいじゃんよ。お前が入ってくれたら、都大会優勝だって夢じゃない。全国大会優勝だって、狙えるかもしれないんだ」

「だから、何度誘われてもクラブチームと学校の部活を一緒にはできないよ」

「誰が決めたんだよ、そんなこと」

「誰がじゃない。僕が無理だと思うだけ。だって身体は一つしかないから」

なるほど――クラブ活動への勧誘だ。

四年生ながらサッカー部でエースストライカーの晴真は、飛鳥をどうにかしてチームに引き入れたいのだろう。

「だったら学校の部活をやれよ。どうせクラブチームじゃ試合なんか出られないだろう」

「だから出られるように練習してるんだよ。とにかく僕はクラブチーム一本だから。じゃあね」

晴真は飛鳥に、至極《しごく》もっともな理由で断られた。

「ちぇっ。カッコつけやがって。転校生の癖して生意気な！」

――気持ちはわかるが、それは違うだろう！

士郎が声をかけようとする。

「晴真くん……。これ」

すると、今度は晴真を追いかけてきた優音が、通学用のリュックを背負い、更にもう一つを抱えて走ってきた。

どうやら勧誘に乗じて、晴真の荷物持ちをさせられたらしい。

優音は目が合うと、士郎に向かってニコリ。持たされた荷物のことは気にしていないようだが、士郎としてはこれも気になった。

「本当！　せっかく人数が増えても、やさおじゃ即戦力にならねぇしな～」

晴真は思い通りに行かず、少しイライラしている。

「――ごめんね」

「そこはごめんじゃなくて、頑張《がんば》るよだろ」

「が、頑張るよ」

「おう」

晴真からリュックを受け取る手も荒々しい。いつになく態度も横柄《おうへい》だ。

「おはよう」

「あ、士郎！　おはよー。聞いてくれよ、飛鳥の奴がさ～」

士郎が声をかけると、すぐに普段の調子に戻った。

晴真はいつの頃からか、なんでも士郎に相談するし、愚痴もこぼすのが常だ。

「おはよう。〝優音〟くん」

「！」

しかし、士郎は晴真をスルーし、先に優音に声をかける。

はっきりと名前を強調したためか、かえって優音のほうがびっくりしている。

「お、おはよう。士郎くん」

「――で、飛鳥くんがどうしたの？」

士郎が改めて話を聞くと、晴真が気まずそうに視線を右へ、左へと動かした。

「いや、だからその……。あいつすげえ上手いのに、部活に入ってくれなくてさ」

「そりゃあ、プロチームのジュニアクラブに入るために引っ越してきたぐらいなんだから、当たり前なんじゃないの？」

士郎の淡々とした物言いは、今朝も健在《けんざい》だ。

見ている優音は、オロオロしてしまう。

「けど、普通は学校が優先だろう！　小学生なんだから小学校のが大事だろう！」

「学校は大事かもしれないけど、課外の部活動は本人の自由でしょう」

側にいた新川は、黙って様子を伺っていた。

二人の付き合いが長いことは、晴真自身が言いふらしているので誰でも知っている。

間に入るつもりはないようだ。

「でも、あいつが入れば都大会優勝も夢じゃないんだ！　先輩たちや円能寺《えんのうじ》先生もすげぇほしがってるし、一生懸命誘ってるのに、頑《がん》として言うこと聞かねぇしさ」

「ふーん。けど、それって夢じゃないけど現実的でもないね。そもそもサッカーって一人でやるの？　飛鳥くん一人が上手くて、都大会とか優勝できるものなの？　だとしたら僕らの学年って、全国統一模試・小学生四年生の部では一位になれるってことだよね？　だって僕は毎年何人か出る満点一位の一人に入ってるんだから」

「っ――っ」

朝から晴真は撃沈した。

しかし、士郎が言わんとすることはわかるらしい。と同時に、士郎相手に道理の通らない愚痴をこぼせば、こうなることも晴真本人が誰より知っている。

それでも変わることなく「士郎は俺の親友だ」と豪語しているのだから、士郎の物言いへの耐久性と反省力は人並み以上だ。

そのため、なかなか懲《こ》りないという弱点もあるが——。

「そう、いじめるなよ士郎。晴真は飛鳥と一緒に試合に出たいだけなんだ。友達と一緒にサッカーがしたいだけなんだから」

「円能寺先生」

ただ、ここへ第三者が加わった。

晴真と優音のクラスの担任で、前年度から希望ヶ丘小学校に赴任してきた教員歴十年の円能寺だ。

長身でイケメンで、高校時代にはサッカーで全国大会出場も果たした経験があるスポーツマン。それを知っていた前任のサッカー部顧問が、「ぜひ」と話を振ったことから、赴任と同時にサッカー部顧問に就任。まずは都大会出場、優勝を目指している。

子供の面倒見がいいのはもちろん、さわやかな笑顔で物事もはっきり口にすることから、母親たちにも大人気の教師だ。

颯太郎とはまた違うファン層をゲットし、授業参観や懇談会に母親たちを呼び寄せている。

「なあ、晴真」

「そっ、そうだよ！　俺はただ、飛鳥と一緒に試合に出たかっただけで……」

強い味方を得たためか、晴真が明らかに手のひらを返した。

だから懲りないというのだ。士郎が眼鏡のブリッジをクイと持ち上げる。

それだけならまだしも、ニコリと笑ったものだから、この状態に覚えのある優音の背筋には、冷たいものが走った。

昨日の今日ということもあり、士郎の背後に暗雲が広がって見える。

弱者の無念発動か!?

それよりサンダードラゴンソード炸裂か!?

優音はゴクリと生唾《なまつば》を飲む。

「そう。他力本願で優勝したいからじゃないんだ。誤解してごめんね。でも、だったら簡単に問題は解決するね。晴真が努力して、飛鳥くんと同じクラブに入ればいいだけだから」

士郎の口調が妙に軽くなった。

「は!?　そんなの無理に決まってるだろう！」

「無理なの？　どうして？　僕、心から応援するよ」

誰がどう聞いても、わざとらしさまで加わった。

「そういう問題じゃない！　向こうはプロのジュニアクラブだぞ！　それこそ都大会で優

勝したって、入れるかどうかわからないのに！」

だが、晴真が力いっぱい叫ぶと、士郎の表情が一変。ある意味〝無表情〟で感情が読めないが、その分すべてが冷ややかな口調に表れる。

「なら、諦めなよ。自分ができないことを相手にしてほしいってお願いするのは間違いだ。一緒にプレーしたいだけなら休み時間に誘えばいいし、本当に同じチームでプレーしたいなら、無理とか言う前に練習したらいい。そうじゃないの？」

「――っ」

晴真、早くも本日二度目の撃沈。

優音は自分が叱られたわけでもないのに、すっかり固まっていた。

やはり、誰を敵にしても、士郎だけは敵にしたくないと改めて思ったようだ。

だが、ここで再び「まあまあ」と円能寺が間に入る。

「士郎。そういうのを無理難題って言うんだぞ」

「どうして無理って決めつけるんですか？　晴真にだって可能性はあるでしょう。それに、ジュニアクラブより学校の部活を優先しろってしつこく言うのは、無理難題って言わないんですか？」

「だからそれは屁理屈ってもんで」

「理屈は通ってると思いますけど」

さすがにここまで続くと、新川も士郎の肩をポンと叩いた。

「士郎くん」

そろそろこの辺で——だ。

「言い過ぎました。ごめんなさい」

「すみませんでした。円能寺先生」

あっさり頭を下げた士郎以上に、新川も頭を下げた。

「大丈夫ですよ、新川先生。俺だって士郎が人一倍頭がよくて、正義感に満ち溢れてることはよくわかってます。士郎にしたって、俺への親しみからこうして何でも言ってくれるだけですし。な、士郎」

「……はい。まあ……ええ」

最初からここまでまったく同じテンションと笑顔を貫く円能寺に、士郎が堪えきれずに苦笑を浮かべた。

——今年度は厄年《やくどし》なんだろうか？

福原といい円能寺といい、士郎にとっては遠慮したいタイプが続く。

「さ、それより時間になるぞ。教室へ入ろう。晴真」

円能寺がこの場の回収にかかると、晴真は優音に視線を向けた。

「行くぞ、やさお」

「——うん」

士郎がそのあとを衝動的に追いかける。

「晴真。優音くんは優音くんだよ」

「いいじゃないか、あだ名ぐらい。同じクラスで晴真に優音じゃ、ごっちゃになるだろう。円能寺先生だって間違えたぐらいだし」

晴真には悪気そのものはないようだ。

ただ、調子に乗っているのは、長い付き合いから士郎もわかる。

「それは最初に読み方を間違えただけで……」

「先生でもわかんねぇ名前のほうが悪いじゃん。ドキュンネームとかキラキラネームって呼ばれないだけ全然マシじゃん」

「そういう問題じゃなくて」

ああ言えばこう言うが続くが、優音の読み違え〝やさお〟の第一発言者は円能寺だ。

転校生紹介の開口一番で読み間違えたのが発端なので、これぱかりは士郎も説明がうまくできない。

確かに〝優音〟は読みにくい。校内にも、士郎が悩むような名前の子供は数多くいるので、間違えた円能寺を一方的に責めることも難しい。

だったらルビを忘れるな——とは言いたいが。

それでも優音にとって、〝やさお〟の響きが心地いいとは思えないので、士郎は晴真に食いついていく。

「まあまあ。そう心配しなくても、大丈夫だよ。こうは言っても、晴真は教室でも部活でも、ちゃんと優音の面倒を見てるんだから。なあ、優音」

そして、とことん円能寺に遮られる。

「……はい」

「ほらみろ！　いくぞ、やさお」

「――っ」

実際、晴真が転校してきたばかりの優音に声をかけ、何かと気を遣っているのは、士郎も去年同じクラスだったので知っていた。

だが、だからこそ〝やさお呼び〟はやめるべき。ちゃんと優音と呼びなよ！　と、士郎は何度となく言っている。

「士郎くん。とにかく教室へ。円能寺先生には、あとで先生からも話してみるから」

新川には士郎の真意が伝わっていた。

ここへはあとから入ってきたとはいえ、教員歴は新川より円能寺のほうが長い。

こうした場合、立場はどうなのだろうか？

新川から言い出すのは、ちょっとばつが悪そうだが、こればかりは任せてしまうしかない。

「お願いします」

士郎は新川に頭を下げてから、教室に入った。

（晴真の奴――）

こうなったら改めて直談判《じかだんぱん》だな――と、焦点を定めて。

2

その日の放課後のことだった。

士郎は単身、いつもどおりに学校から帰宅した。

行きと違って、とても静かなひとときだった。ぼんやり街路地の花々や空を眺めて、季節を満喫《まんきつ》することもできるし、ふと足を止めて溜息もつける。

士郎の場合、一緒に帰宅する友達がいないのではなく、あえてここでしか味わえない孤独な時間を楽しんでいるのだ。

「ただいま～」

「お帰り、士郎。まだ仕事中だから、ごめんね」

「はーい。父さん。頑張ってね」

玄関先で声を上げると、三階からは颯太郎の声がした。

「士郎くん。お帰りなさーい」

「おかえり。しろちゃん」

先に帰宅しているはずの樹季と武蔵は、一気に増えたバトルカードに夢中のようだ。

いつもなら玄関まで飛び出してくるが、今日はリビングから声がする。

「しっちゃ！　しっちゃ！」

「バウバウ」

代わりというわけでもないが、珍しく起きていた七生と、なぜかエリザベスがセットで飛びついてきた。

「うわっ！　何!?　何して遊んでほしいの？」

「ちーのっ！」

「バウバウ！」

「!?」

何が違うのか、これればかりは士郎にもわからない。

だが、エリザベスが士郎の上着の裾を噛み、やたらと引っ張る。

「おんもーっ」

「ああ。エリザベスと散歩に行きたいのか。わかった。ちょっと待ってて」

エリザベスの猛アピールと七生の喃語《なんご》から、士郎は一人と一匹の要求を把握した。

「へへへ。ねー」

「バウバウ」

士郎が快く了解し、リュックを下ろして散歩の準備を始めると、七生とエリザベスが顔を見合わせて嬉しそうに相づちを打っている。

「？」

だが、これが士郎には引っかかった。

まるで七生とエリザベスの間に、意思の疎通があるようだ。

もともと利口な犬だけに、エリザベスは必要最低限の言いつけは聞くし、理解もしている。

だが、そういう「お手」や「待て」の類《たぐ》いとは、何か別物な気がした。

大人と動物よりは、子供と動物のほうが距離感や感覚が近いのか？

多分、そんな感じなのだろうと、この場は納得したが——。

「さ、エリザベス。リードをつけるよ」

「バウ」

飼い主でもないのに、兎田家の大きなシューズロッカーには、エリザベス用の太いリードが常備してあった。

エリザベスさえいれば、ご機嫌な七生のシッターとしてよくかり出されるのもあるが、一家揃って代わる代わる散歩に連れて行くのが楽しみなのもある。

士郎にとっても、赤ん坊の頃から世話の手伝いをしているので、エリザベスは樹季と武蔵の間に生まれた弟のようなものだ。

そうしてエリザベスにリードをつけると、士郎はもう一つ。背中に羽の付いた幼児用のハーネスを取り出した。

「七生もこれをつけるよ。お散歩のときの約束だから」

「あいっ！」

七生に背負わせるような形でセットする。背中には紐が付いている。

一見、エリザベスのそれと大差がないこともあり、このスタイルで七生を散歩に連れて行くと、知らない人からはごくたまに冷ややかな目で見られることがあった。

「可哀相」「犬じゃないのに」とあからさまに言われたこともある。

しかし、幼児連れの外出は用心するに越したことはなく、安全以上に求めるものもない。

士郎の兄弟は全員幼稚園に上がるまでは、しっかりとハーネスを付けて、その上で親兄弟と手をつないだ。

これは兎田家においては、基本ルールのひとつだ。

「樹季、武蔵。エリザベスと七生と散歩に行ってくるから鍵を頼むね」

「はーい」

士郎は樹季たちに一声かけて七生と手を繋ぎ、エリザベスのリードを持って散歩に出た。

「きゃーっ」

「バウバウ」

「――え？」

ただ、普段ならかなりのんびり進む散歩が、今日はやけにスタートから早足だった。

七生までちゃっちゃと歩くものだから、エリザベスまでどんどん早歩きになっていく。

しかも、コース選択まで強引だ。

「どこへ行くんだよ、七生。エリザベス、ストップ！　ストップ！」

「えったん。てーっ」

「バウバウ」

「ちょっ！　七生より僕の言うこと聞けよ。エリザベス！」

特に決めてはいなかったが、完全に行き先を七生とエリザベスに支配されていた。

こんなことは初めてで、士郎もかなり戸惑った。

しかし、それから十分後――。

「バウバウ」

「あれ？　ここって優音《はると》くん家だよな？」

七生とエリザベスに引っ張られて到着したのは、優音の家だった。

士郎が表札を見ていると、その前にちょこんと座ったエリザベスの背中に七生がよじ登っている。

「って、こら七生！」

士郎が気づいたときには、エリザベスが立ち上がり、その背にまたがった七生がインターホンに小さな手を伸ばしていた。

しかも、ピンポーンと押している。こんな荒技をいつの間に!?　だ。

〝はーい。どなたですか？〟

すぐにインターホンから優音の声がした。

士郎は困惑気味で答える。

「えっと。急にごめんね。兎田士郎だけど」

〝士郎くん!?〟

優音も驚いていたようだ。慌てて「どうしたの？」と扉を開く。

「えっと……。本当にいきなりでごめんね。うちの弟とまた何かあった？」

この状況からだと、士郎もこう聞くしかなかった。

「え、また!?」

何のことかと思い、優音は全力で否定した。首を左右にぶんぶん振りながら、「何もしてないよ！　神様に誓って、本当に何もしてない！」と、若干被害妄想入りだ。

すると、家の中から犬の甲高い声が響いてくる。

「あん！　あんあん!!」

「え!?」

「あ！　駄目だよ、ポメ太」

「うわっ！」

言っている側から、真っ白なポメラニアンが士郎に飛びかかった。

「ごめん！　ごめんね、士郎くん。うちの犬、人見知りで。どうして吠えるんだよ！　駄目だって！」

驚く士郎から飼い犬を抱きかかえて離すも、ポメ太はひたすら吠え続けた。

こうなると、優音のほうが泣きそうだ。次第に涙が浮かんでくる。

「わんわー」

「あんあん」

「バウンバウン」

だが、七生が両手を広げて呼ぶと、ポメ太は嬉しそうに尾っぽを振った。

心なしかエリザベスも嬉しそうに尾っぽを振っている。

「ん？」

士郎が七生と二匹を見ながら、また不思議な感情に捕われた。

「あんあん」

「バウバウ」

「きゃっはは っ」

これがいつもなら、士郎が吠えかかられたところで、エリザベスは守りに入って相手を威嚇するだろう。

しかし、今日に限って、その気配は全くない。

七生もポメ太に触りたいのか、懸命に手を伸ばし続けている。

「一緒に遊びたいだけ？」

まるでそのために、七生とエリザベスが士郎をここまで連れてきたように思えた。

優音は半泣き状態だが、士郎が怒っていないのはわかるので、少し冷静さを取り戻す。

「え？　そうなの？」

「そうとしか思えないけど。よかったら、遊ばせてみてもいい？」

「う、うん。え？　でも、どうやって？」

新たな困惑が湧き起こったようだ。優音はポメ太を抱えて、誰と誰をどう遊ばせるのだろうと、オロオロしている。

真顔で怒った士郎を連日見てしまったためか、ある種のトラウマに捕われているのかもしれない。

「優音くん家に大人はいる？　普段、家で友達と遊んでいいことになってる？　外では何時まで遊んでいいって言われてる？」

士郎はごく普通に、当たり前のことを聞いた。

「えっ、えっとぉ……。ごめん。そういうの、よくわかんない。まだ、誰も遊びに来たことがないし、お父さんもお母さんも仕事だし。でも、五時ぐらいまでは外にいてもいいのかな？　お兄ちゃんはまだ部活してるから六時ぐらいに帰ってくるし」

優音にとっては、こういう展開そのものが初めてらしく、困惑ぶりが増すばかりだ。

「そう。なら、家族に置き手紙かメールをして、五時までには家に帰れるように注意しながらうちで遊ぼう。うちは父さんが家で仕事してるから、大騒ぎさえしなければ友達と遊んでいいことになってる。あ、ただし、遊びが子守になる可能性があるけど、そこは我慢してもらうってことで」

「子守？」

なおさら意味不明に陥ったところで、七生が優音の顔を見て「ふへへ」っと笑った。

「あ――。はい。うん。わかった」

ようやく意味が飲み込め、優音も落ち着きが戻ってきた。

士郎たちが優音とポメ太を連れ帰ると、樹季と武蔵は最初驚いたが、すぐにはしゃいで一緒に遊び始めた。

リビングからダイニングを行ったり来たりしながら、三人と二匹で遊んでいる。

士郎と優音はそれを見ながら、先日大量開けしたバトルチョコの一部を摘まんで、様子を眺めた。

「――でも、この前は本当にびっくりしたな。士郎くんが七人兄弟の真ん中で、お父さんがすごく若くてカッコいいっていうのは知ってたけど、全員そっくりなんだもん！　みんなこのまま大きくなったら、寧さんみたいになるのかな？　とか、お父さんみたいになるのかな？　とか想像できてすごいよね！」

家に上がってしばらくは、「あ」「はい」「うん」「ありがとう」を繰り返した優音だったが、徐々に会話が弾んできたようだ。

士郎の淡々と話すペースは変わらないので、優音がこれに慣れてきたのもあるだろう。

自然に浮かび始めた優音の笑顔に、士郎もちょっと声が弾み始める。

「へー。久しぶりだな」

「何が？」

「そういう話は、もう何年も聞かなかったから。だってほら、町内では僕らを見慣れた人しか居ないしね」

「そっか。あ、でも、三組の飛鳥くんなら驚くかもよ。飛鳥くんも僕と同じで、去年の暮れに転校してきたから。もしかして、士郎くんが七人兄弟っていうのも、まだ知らないかも」

士郎と優音が同じクラスだったのは、前年度の三学期だけで、今年は違う。

飛鳥に関しては、二人とも同じクラスになったことがなく、士郎も彼とはまだ話をしたことがない。転校早々目立つ存在だったので、顔と名前、プロフィールが頭に入っている程度だ。

あとは、今朝の晴真とのやりとりを見て「イエス」「ノー」がはっきり言える子だというのは、十分理解した。

「そう言われたら、そうかもね」

「僕、今度話しかけてみようかな。転校生同士として、ちょっとしか話したことがないけど、絶対に驚くと思う。あ、そういうの話題にされたら、士郎くんはいやか……」

「別に、いやじゃないよ。ただ、だから何？　って顔されるかもよ。飛鳥くんって、かなりクールそうだから」

士郎の頭には、一人で盛り上がる優音と、素っ気ない飛鳥のやりとりが浮かんだ。

「士郎くんほどじゃないと思うけど」

「え？　僕、クール？」

意外だったのか、少し驚く。

するとと、優音が慌てて両手を振った。

「あ、ごめんね。これもいやな意味じゃないよ。いつもキリッとして、ちゃんと自分の意見を言って。バトルもそうだったけど、本当カッコいいな――って。そういう意味だから」

「大人からは屁理屈とか口減らずって言われるよ」

「そんなことないよ！　羨《うらや》ましいよ！　僕だって士郎くんみたいに自分の意見をバンバン言えたらいいなって思うもん!!　きっとスカッとするだろうなって」

思いがけないところで声を大にされて、士郎は優音に押され気味だ。

しかし、悪い気はしなかったのだろう。

「そうなんだ。それは、ありがとう。そんなふうに言ってもらったことがないから、嬉しいよ」

「え？」

「でも、今みたいに思ったことをバンバン言ってる優音くんも、すごくいいよ。これからはその調子で話してもらえたら、もっと嬉しいな」

士郎はかじりかけのチョコレートを手にニコリと笑った。

一瞬どこのＣＭかと思うキランとした笑顔は、やはり血筋だ。キラキラ大家族四男だ。

「士郎くん。……ありがとう」

優音の肩から一気に力が抜けていく。

これまで士郎が向けられてきた笑顔の中でも、一番自然で柔らかい。

「――それにしても、やっぱり遊びたかったみたいだね」

士郎が改めて口にした。

視線を七生やポメ太に向ける。

「きゃっははは」

「あんあん」

「ポメ太、可愛いー。なー、エリザベス」

「バウバウ」

おもちゃのボールを転がしたり、縄跳びで引っ張りっこをしたり、武蔵もポメ太が気に入ったようだ。

「しーっ！　騒ぎすぎは駄目だよ。静かに遊ばないと、お父さんが仕事だからね」

「あ、はーい」

「しーね」

ポメ太が加わったことで、樹季のお兄ちゃんぶりがいつにも増している。

武蔵と七生の聞き分けもよい。

士郎的には満足だが、優音はふと首を傾げる。

「うん。嬉しそうに遊んでるね。けど、いつの間に仲良くなったんだろう？　この前充功くんが連れて来たときだって、ポメ太はリビングにいたから、みんなとは会ってないはずなのに――」

そこは士郎も気になっていたところだが、すでに可能なパターンを想定して納得していた。

「散歩の途中で会ったりしてたんじゃないの？　エリザベスはお隣のおじいちゃん、おばあちゃんに代わって、よく家で散歩に連れて行くんだ。学校の時間は、父さんと七生が連れて行ったりもするから」

「でも、その時間なら、ポメ太は家の中で留守番だよ。ポメ太の散歩は会社に行く前にお父さんが、夕方とか夜にはお母さんかお兄ちゃんが連れて行くから。あ、僕も朝晩一緒に行ってるけど、ほとんど誰にも会わないよ」

「そっか……」

一番あり得ると思われた可能性が消えた。

「バウバウ」

「あんあん」

士郎はエリザベスとポメ太を見ながら、今一度考える。

(家の外と中か。どこからか遠吠えがするると、たまにエリザベスも返していたりするから、会った会わないは関係ないのかな？　もともと犬の聴力は人間よりも優れているし、犬笛なんかも、けっこう遠くまで有効だって聞く。そう考えたら、飼い主が気づいてないだけで、飼い犬同士が勝手に情報交換したり、コミュニケーションをとっていたりしてる可能性はゼロじゃないよな？　うちの飼い主がどうとか、今夜のご飯はどうだったとか。意外と筒抜けだったりして――)

珍しくファンタジーな思考に陥った。

これまで特に気にしたことがなかったジャンルなので、探求したことはない。

だが、不思議な高揚感が士郎に起こる。

(ちょっと調べてみようかな)

そう思ったときだった。

優音が持参してきた子供用の携帯電話のアラームが鳴り、ハッする。

「あ、そろそろ時間だね」

「早いな……。楽しい時間は速く過ぎるって、本当なんだね」

今日は合流した時間そのものが遅かったこともあり、あっという間に五時前だ。

優音はかなり名残惜しそうにアラームを切る。

「またポメ太と一緒に来たらいいじゃん」

「え!?　来てもいいの!?」

士郎の言葉に、一度は曇った優音の顔が、一瞬で晴れやかになった。

「うちは平気だよ。弟たちもすっかり慣れたし。あとでうちのお父さんから、優音くんのお母さんに電話してもらうよ。あ、散歩がてらにエリザベスと家まで送っていくね」

「嬉しい。ありがとう！」

何から何まで抜かりのない士郎の配慮に、優音はただただ喜び勇んで、今日の所は帰宅となった。


エリザベスを隣家に戻す前に、もう一歩き。

士郎が優音を家まで送っていったのは、エリザベスの運動量も気にかけてのことだった。

「今日はたくさん遊んでもらって、ポメ太もご機嫌だな」

「エリザベスも嬉しそう」

リードに繋がれたエリザベスとポメ太は、仲良く尾っぽを振りながら二人の間を歩いていた。

特に吠えることも鳴くこともないが、嬉しそうだし楽しそうだ。

それを見ながら士郎が、ふと呟く。

「ねえ、優音くん」

「何？」

「唐突で申し訳ないんだけど、もしも君から何か僕に聞いてほしいこととか、してほしいこと。知ってほしいことがあるときは、全部言葉にしてくれるかな？　それだと嬉しいし助かるんだけど」

「――え？」

本当に唐突な話で、優音はかなり戸惑っていた。

しかし、だからこそ士郎は、念を押すようにはっきりと口にする。

「前に言われることがあるんだよ。士郎なら言わなくてもわかってくれる、やってくれると思ったって。でも、僕は超能力者じゃないし、空気を読めとか察しろとか言われても、気づけないし、わからないこともたくさんある。そもそも頼まれてもいないことを自分からする性格でもないし、できないことはできないとも言う。だから、それだけは先に伝えておこうと思って。これからも仲良くしたいし、誤解もされたくないから」

士郎の言い分から、過去に何かしらのトラブルがあったのだろうことは、優音にも伝わった。

もしかしたら、トラブルと言うほどではないが、士郎にしたら「え？　黙っててわかるわけないじゃん」「はっきり言ってよ」ということがあったのだろう。

だが、本人が言うように、きちんと言葉にされなければわからないことはあるだろう。

特に人の気持ちや考えは、どんなに想像したところで、それが正解とは限らない。

優音にしても、それをたった今実感中だ。

士郎本人にはっきりと言われたことで、自分がすでに〝士郎くんならなんでも……〟という誤解を、し始めていたことに気づけたからだ。

「うん。わかった。ちゃんと言うよ。ありがとう！　そうだ、士郎くん。早速一つ聞いていい？」

優音は大きく頷いた。

心なしか、これまでよりも、口調がはっきりしている。

「何？」

「どうしてエリザベスは雄《おす》なのに、エリザベスなの？」

「ああ、それはね……」

何かと思えば、エリザベスと知り合った人間が、必ず一回は聞いてくる質問だった。

すでに何十回同じことを言ったかわからないが、士郎はいやな顔はしない。むしろ、内心記録更新だな――と微笑んで、説明をしようとした。

しかし、

「あ、エリザベス！　士郎――っ!?」

声をかけてきたのは、帰宅途中の晴真だった。

体操着を着用して、足下にはサッカーボールをキープしている。部活帰りのようだ。

「……っ」

その姿を見ると、優音は目を見開き、士郎も一瞬首を傾げた。

主が足を止めると、エリザベスとポメ太もちゃんと合わせて待っている。

「晴真、今帰り？　あれ……？　今日ってサッカー部の練習の日だっけ？」

「お前が飛鳥に頼るな、まずは今より練習しろみたいなこと言うから、練習時間を増やしたんだよ。先生も他のクラブが使ってない場所ならいいよって。放課後残るよって言ってくれたから――」

士郎が尋ねると、晴真は少し照れくさそうにぼやいた。

前向きな言動を知り、士郎はかなり嬉しくなる。

「そうなんだ」

「応援しろよ。俺はお前が言った、俺にもあるらしい可能性を信じたんだからな」

「もちろん。――で、優音くんは知ってたの？　確か、サッカー部なんだよね？」

ただ、晴真がこれまで以上に意欲的なのは嬉しいが、士郎はここが気になった。

どう見ても、優音が知っていたようには見えなかったからだ。

「え？」

「やさおは声をかける前に帰ったから知らないよ。でも、明日にはこれから増やす練習日を教えるから、ちゃんと出ろよ」

「……うん」

――そういうことか。

それならいいがと、士郎も胸をなで下ろした。

晴真が衝動や思いつきで行動するのは、今に始まったことではない。それは士郎も知っている。

「あ！　そうだ士郎。今度、家に来てくれよ。新しいゲームを買ってもらったんだけど、先に進めなくなっちゃってさ。見てほしいんだ」

「子守がないときにね」

「そう言うなよ。もちろん、弟たちも一緒でいいからさ。じゃあ、約束だからな。またな！」

簡単な立ち話で約束を取り付け、晴真はこの場から離れて行った。

相変わらずマイペースで、我が道を行く。

「またね。あ！　ボールは蹴りながら帰るなよ！　怪我でもしたら大変だからな！」

「わかってるよーっ」

士郎が叫ぶも、晴真は手を振りながら、意気揚々《ようよう》とドリブルで帰った。

本人は近所の公園やグラウンドを突っ切って行くようだが、その後ろ姿を見送る士郎の眉がキッとつり上がる。

「危険性がわかってないというより、わかろうとしてない顔だな。ドリブルには自信があるみたいだけど、そこが一番油断に繋がるのに」

心配だから憤慨している士郎と、それを心地よく受け止めて走り去る晴真がとても対照的だった。

双方を見る優音の顔に、なんとも言えない微苦笑が浮かぶ。

「……優しいね。士郎くんは」

足下ではポメ太とエリザベスが鼻を突き合わせたり、身体を寄せ合ったりしながら、じゃれ合っていた。

主が動き出すのを待っている。

「優しさとは違うよ。道路に飛び出して事故にでも遭ったら、本人も大変だけど家族も大変だ。運転手だって大変だ。どんなに飛び出した側が悪くても、責任は車のほうが重いし、場合によっては蹴り損じたボールが原因で、車同士とか無関係な人を巻き込む事故に繋がることだってある。何かあってからじゃ遅い。事故なんて、不幸な人を増やすだけで、誰も幸せになれないよ」

　ふと、士郎の視線が、どことも言えない場所へ向けられた。

かけた眼鏡に、その瞳に映っているのは、西の空へ沈みゆく太陽だが、それを見ている
とは思えない。

　士郎は、士郎にしかわからない何かを、心の中で見つめている。

「そうだね。そう言われたら、そうだった」

「あ――。うん」

　優音がぼそりと呟き、士郎は少しハッとした。

すぐにその視線を、意識を優音に戻した。

「じゃあ僕は、ここで。今日はありがとう。エリザベスもまたね」

「バウバウ」

　優音は最後にニコリと笑って、士郎とエリザベスに手を振った。

「僕のほうこそありがとう。ポメ太、またね」

「あんあん」

　士郎も優音と同じように返すと、帰りはエリザベスと共に、小走りで帰宅した。

3

士郎が颯太郎に頼み、優音の家へ電話を入れてもらったのは、食後の休憩時間。何事もなければ、先方も夕飯を終えていると思われる八時前だった。

「――はい。はい。いえ。こちらこそ、すみません。優音くんに一緒に子守をしてもらって助かりました」

タイミング的には悪くなかったのだろう。颯太郎は、優音の母親に今日のことを報告がてら、今後の話もしてくれた。

すべて、士郎が願った通りだ。

「この先も、家で遊ぶことがあるかもしれませんが、その時は必ず行き先を残すようにうちの子にも言っておきますので――。はい。今後ともどうぞよろしくお願いします」

そうして話は、五分程度で終わる。

側で聞いていたので、特に問題がないことは、士郎にも伝わった。

「ありがとう。お父さん」

「どういたしまして」

「――で、どんな感じだった？」

それでも一応、相手の感触を颯太郎本人に聞いてみる。

颯太郎は、寧の時代から今現在も、こまめに学校行事やPTAに参加し続けている。

当然、そこで関わってきた先生たちも多いが、それ以上に保護者たちとの関わりも多い。

仮に親同士の面識、付き合いを地元の幼稚園から中学までに絞ったとしても、年間一クラス受け持つ担任と大差がないか、それ以上だ。

それだけに、多種多様なタイプの保護者も見てきている。習うより慣れろではないが、問題を抱えていそうな親子に気づくのも早い。

「ちゃんと話したのは初めてだったけど、とても子煩悩《こぼんのう》なお母さんだね。もともと腰が低いのは学年末の父母会で会ったときに感じていたけど、そのままの印象。プラス、普段よりはテンションが高そうだった。優音くんが相当喜んで報告したみたい。士郎くんが優しい、弟くんたちも可愛い。特に七生くんは抱いたら、ふわふわしていてミルクの甘い香りがしたって、お母さんに言ってたって」

笑顔で感想を伝えてくれた颯太郎に、士郎は心からホッとした。

優音のところの親子仲、家族仲はよさそうだ。この分なら子だくさん家庭に偏見《へんけん》もない。

「そう。よかった」

「それでいきなり〝弟が欲しい！　作って〟とか言い出さないといいな」

ホッとしたのもつかの間だった。

チャチャを入れてきたのは充功。電話の前後からリビングでやりとりをしていたので、聞き耳を立てていたらしい。

双葉が「充功」と、名前を呼んで釘を刺す。

「だって前に、見当違いな苦情を言ってきた親がいたじゃん。うちはお宅みたいに無計画じゃないんですから、子供に変な入れ知恵しないでください！　って」

こうなると話は横道へそれていく。

充功が過去の話を掘り返したものだから、双葉も「そういえば、いたな」と話に乗ってしまう。

実際、士郎が颯太郎に優音の家の様子を聞いてもらったのも、過去にこういったケースがあるから。一家揃って近所付き合いはいいほうだ思うが、それでも何年かに一度は意図しない攻撃や言いがかりを付けられることがあるからだ。

「それで母さんに〝え？　うちは計画的に増やしてるんですよ。だって何人産んでも可愛いんですもの～、主人そっくりで。今もおなかに七人目がいるんですよ～〟って笑い飛ばされて、戦意喪失で帰っていったんだっけ」

内容はいかがなものかと思うが、母親の思い出話が絡んでいるので、士郎も「やめなよ」

とは言えなくなった。

「そうそう。でもってそのあとに、〝お前の母ちゃん、最強のモンペハンター〟って言われて、それは褒め言葉じゃねぇよって喧嘩になりかけたら、止めに入った先生にまで〝やめろ！　充功のお母さんは筋の通らない相手なら、お前らでも先生たちでも狩るぞ！〟って言い放ってよ。は!?　ってなった。最後は〝だから、先生もお前らも筋道通して仲良くしような〟って、笑い話で終わったけどさ――」

「ねえ。それって、巡りに巡って、家の母さんが一番問題って結論にされてない？」

止めるどころか、流されるままに話に参加してしまう。

いつになく充功が楽しそうで。

こうは言っているが、母の思い出に浸っているのがわかるのだ。

「ないない。問題なのは、どう考えたって言いがかりをつけてきたほうだろう。俺をからかった連中だって、モンスターは向こうだって言い切ってたしな」

しかし、それでも「こらこら」とストップをかけたのは颯太郎だった。

充功、双葉、士郎は、いったん口を噤む。

様子が気になったのか、一人ダイニングで遅い夕飯を摂っていた寧も顔を覗かせる。

「そんな言い方は駄目だよ、充功。その相手は転勤族さんだったから、すぐに越していっただろう。蘭さんは〝そうと知っていたら、もう少しやんわり答えたのに〟って反省してた。確かにお門違いな苦情だったけど、ほしくても二人目を持てる状況じゃなかったんだろうなって。先に知っていたら他にも言い方はあったって」

「でも、その程度の面識の相手に、いきなり食いついてくるからモンスターだって言うんだよ。常に八つ当たり先を探してるようなもんじゃないか。自分のストレス解消に」

颯太郎が言わんとすることはわかるが、理不尽なものは理不尽だ。充功が言うのも一理《いちり》ある。

そもそもこうは言っても颯太郎だって、妻子に筋の通らない言いがかりを付けられれば、それなりに言い返す。

そこで話の通じる相手ではない、これは無理だ、付き合えないと察したときの引き際《ぎわ》とそのあとの無視っぷりは、おそらく家族内では一番だ。

それこそ逃げるが勝ちを知っている。

また、そうでなければ、どんなに狭くても社会に出た子供たちを通して関わる多種多様な親たちとは、付き合えないしやり過ごせない。

それが仕事というわけでもないのだから、過度な無理をしてもしょうがない。

七生を抜かしたとしても、すでに六人分だ。努力や理想だけでは補えない人間関係や相性に執着し、奮闘し続ける余裕はない。

颯太郎自身にも一個人の付き合いや仕事、何より守るべき生活があるのだから――。

「誰だって最初からモンスターとは限らないだろう。逆を言えば、誰でも少しぐらいは、モンスター化する要素は持っているものだよ。それこそ父さんも、充功たちも。ただ、リミッターの加減や限界が個々に違うだけ。そもそも気に障《さわ》る部分や、きっかけになる要素が違うだけで」

それでも颯太郎は、常にこんな感じだった。

多少の理不尽なら、相手が同じ人間である限りは、一度は柔軟に受け止めるし様子も伺う。頭ごなしには責めないし怒ることもない。

ただし、あくまでも〝多少の場合〟かつ〝一度〟に限るが——。

「そう言われたら、何も返せねぇな。ぷつんと切れたら、大《だい》の大人も泣かす十歳児が目の前にいるし」

そして、この話はここで終了を察したのだろう。充功が士郎をオチにした。

「失礼な。自分を棚に上げて何を言う」

「まあまあ。なんにしたって、学年始めの父母会に出席してるってだけで、ちゃんとしたお母さんだし、安心なんじゃない？　半数以上は役員逃れで出てこないわけだしさ」

士郎も適当に文句は言うが、言っているだけだ。

そんな士郎の肩を抱いた寧にしても、そこは同じだ。

「そこも各家庭で事情が違うから、一概にはね。ただ、優音くんのお母さんはこの前の父母会でも、越してきたばかりで仕事もあるので、今は調整がつかない。けど、後期までには何か手伝えるように時間の調整しておきますから、前期はごめんなさい――って頭を下げていたらしいよ。かなり周りからの好感度も高いって、晴真くんのお母さんからは聞いてる」

颯太郎もこればかりは――と言いたげだが、あえて他人を悪くは取らない。

それならば、いいと思う話で盛り上がるほうが、気持ちがいいし負い目もない。

「それは確かに好感度大だね」

「過去には保護者代理で出席した、まだ高校生だった寧兄に役員を押しつけようとしたスーパーモンスターもいたぐらいだからな」

「超笑えねぇ～」

それでも現実は厳しい。双葉や充功が言うように、笑って済ませられない大人が何年かに一度の割合で出没する。

これには颯太郎もフォローのしようがない。

「さ、もうそこまでにして。そろそろ宿題をしないとね。樹季や武蔵はお風呂に入って、寝支度だよ」

「はーい」

話をそらしてごまかした。

さすがに高校生に役員話のときには、颯太郎も怒る前に呆れた。後日、担任と溜息を漏らし合った苦《にが》い記憶があるからだ。

「あ、そうだ。お父さん」

「ん？」

双葉や充功が二階に向かうと、士郎が改めて颯太郎に声をかけた。

「お年玉貯金から買いたいものがあるんだけど、あとで一緒にネットサイトで見て、申し込んでもらえるかな？」

「いいよ。じゃあ、後片付けが終わったらね」

「ありがとう」

話を聞いていた寧が、興味深げに尋ねる。

「何？　またパソコンの部品？　難しい本？」

「まあ、そんなところ」

「勉強に使うものなら、俺が出すよ」

「ありがとう。でも、今回はただの興味というか、好奇心だから自分で買うよ」

「へー、そうなんだ。なんだろう？」

「届いたら見せるね」

「それは、楽しみにしてよう」

寧と笑い合って、その後は自主的に予習、復習、宿題をする。

士郎の長いようで短い一日は、こうして終わっていく。


それから数日後のことだった。

すでに木曜日。土曜日からのゴールデンウイーク突入まではあと二日だ。

士郎と樹季は、今朝も充功たちに送られて学校へ来た。樹季は相変わらずものともしないが、士郎は朝からどうでもいいことで充功とやりあい、体力気力を削られ気味だ。

溜息交じりに、校内の廊下を歩く。

「おはよう。士郎くん」

教室の扉前で声を聞けてきたのは、優音だった。

「あ、おはよう。優音くん」

「この前はありがとう」

「どういたしまして」

「あ、今日の放課後なんだけど時間ある？　お母さんがおやつにって、たくさんクッキーを焼いていってくれたんだ。で、もしアレルギーとか大丈夫で、手作りとかいやじゃなかったら士郎くん家に持って行きたいなと思って。どうかな？　これ、クッキーに使った材料だって。あ！　ちなみにお母さんはパティシエとかってお菓子を作るのが仕事だから、家で作ったけど、お店のと同じだと思うよ」

優音がズボンのポケットからメモを取り出した。

優音の母親は、仕事柄もあるのだろうが、かなり慎重なタイプだ。

しかし、場合によっては生死に関わるアレルギー持ちの子供もいるので、このあたりは用心に越したことはない。

前持っての確認は、お互いのためだ。

「それは、ありがとう。うちは誰もアレルギーは発症してないから、喜んでいただくよ。せっかくだから、ポメ太と一緒に遊びにおいでよ」

「本当！　よかった。七生くん用の柔らかいのも作ったんだって」

「そうなんだ。今度、お母さんに直接お礼を言わせてね」

士郎も兄弟もセーフだったことに、優音はかなり安堵し、また喜んでいた。

これは、かなり母親が腕を振るって頑張ってくれたことが、士郎にも伝わってくる。

しかし、そこへ晴真がやってきた。

「やさお！　何してるんだよ。今日も放課後は追加練習だぞ」

「え？」

「サボるなよ」

「――うん」

一瞬にして放課後の遊びはなくなった。

だが、これは仕方がない。小学校の課外部活とはいえ、現在のサッカー部は目標を持って張り切っている。

生徒もやる気だが、顧問の円能寺もやる気かつ協力的だ。

何より、そういうつもりはなかったが、結果として練習量を煽ったのは士郎だ。恐縮してしまう。

「士郎くん。一度体操着を取りに帰らないといけないから、クッキーだけ渡してもいいかな？」

「え？　それは悪くない？」

「悪くないよ。家では食べきれないぐらい焼いてあるし、七生くん用もあるから」

「――あ。なら、遠慮なくもらいによるよ」

「うん。じゃあ、放課後ね」

結局本日は、クッキーだけをもらうことになった。

確かに大家族譲渡前提量の手作りでは、遠慮してもかえってもったいないことになる。

ましてや優音の母親がパティシエなら、味は保証付きだ。

お礼は颯太郎や寧と考えるとして、士郎は学校帰りに優音の家へ寄ることにした。

そして、紙袋いっぱいのクッキーを抱えて、家に帰る。

「ただいま。優音くんのお母さんから、クッキーを貰ってきたよ」

「わーい」

「クッキー、クッキー」

そろそろバトルカード開封の楽しみを除外したチョコレートのおやつには、飽きていたのだろう。リビングに入ると、樹季と武蔵が喜び勇んで飛びついてきた。

「しっちゃ、しっちゃ、抱っこー」

七生は寝起きなのか、まだ寝ぼけているのか、クッキーよりも甘えたいらしい。

士郎の足にしがみついて、柔らかい頬をスリスリと寄せてくる。士郎が荷物を置いて、代わりに七生を抱き上げた。

そこへ、颯太郎がコミック雑誌程度の荷物を持って降りてくる。

「お帰り、士郎。荷物が届いてるよ」

「ありがとう」

どうやら先日、士郎が通販した品物だ。

「それ、何？　士郎くん」

「おもちゃ？　ゲーム？」

「難しい勉強道具だよ。あ、もらったクッキーを分けるから、食べたあとは樹季と武蔵で七生と遊んでくれる？」

「はーい」

「クッキー！　クッキー！」

士郎にとっては、いろいろとタイミングがよかった。

樹季たちにクッキーを用意し、七生を頼むと、自分はいったん二階へ移動した。

届いた荷物を開いて、中を確認する。

出てきたものは、ワンワン翻訳機。首輪に受信機を装着することで、鳴き声やうなり声をキャッチ。それを手元の本体機器で解析することにより、犬の気持ちや主張がわかるという品物だ。

ようは、先日気になった犬のコミュニケーション能力について、ネットや本で公開されている学説を読むだけでなく、直《じか》にエリザベスと触れ合いながら探求したいがために、貯金から購入したものだ。

「さてと。まずは基本仕様を見せてもらって——と」

何はなくとも、説明書。

士郎は翻訳機の構造と機能の説明から目を通す。

「犬種別感情分析で、文字表現種類は百五十通り。セントバーナードもちゃんとある。ただし、ネットの評判だけで分析すると、正解率は半々程度。長年一緒に生活している愛犬家のほうが、むしろツーカーで犬の気持ちは想像がつく」

事前調査も抜かりはない。

発売してから、そこそこ年数も経っている商品なので、購入者の感想は賛否両論だ。しかし、そこは承知であえての購入だ。士郎には、どうしても引っかかったまま、気になることがあったからだ。

「まあ、この半々っていうのは、犬種や年齢、体格、体重だけでは定まりきらない鳴き声の音域幅や声帯振動の差があるってことだよな。その犬の、もとの性格にもよるだろうし。ってことは、このままの状態で一度試したほうが手っ取り早いか」

まずは論より証拠だ。

士郎は、翻訳機に付属電池をセットすると、そのまま本体にエリザベスのデータを設定した。

そして、本日もご機嫌なエリザベスを隣家に迎えに行き、自宅リビングに招くとワンワン翻訳機を試してみることにする。

「あ！　えったん」

「士郎くん。エリザベスと何するの？」

「わーい！　今日もエリザベス！」

当然、樹季たちは大喜びだ。

初めて見る機械のようなもので、士郎が何をするのかにも興味津々だ。

「今日は遊びはなし。三人とも、おとなしくしてるなら見ててもいいけど、そうじゃないなら――」

「しーっ」

「俺もっ」

「なっちゃ。むーっ」

三人揃って両手で口を塞いで、士郎とエリザベスをじっと見る。

なかなかの連係プレーだ。七生もすっかり目が覚めたらしい。

「そのままだぞ。じゃあ、エリザベス。ちょっと試さして」

士郎が受信機を首輪にセットし、本体との通信をオンにする。

とはいえ、いきなり「吠えろ」と言うわけにもいかないし、言ったところで吠えるかどうかもわからない。

これはどうしたものか？　と首を傾げたところで、エリザベスが士郎の手元をのぞき込んでくる。

「クォン？」

微かな鳴き声を拾った翻訳機が反応、すぐに解析。「つまんな～い」という、エリザベスの心情が表示された。

だが、実際そうは見えなかった。

エリザベスは士郎が何をしているのか好奇心旺盛な眼差しを向けてくるし、尾っぽもご機嫌そうに揺れている。

「エリザベス。もっと何か吠えられる？　ワンワンって」

「バウン？」

すると今度は「おなか減ったー。ご飯♪　ご飯♪」と解析。

完全に不一致タイプのようだ。確かにこれなら表情や仕草で判断するほうが、合ってる気がした。

「えったん。ワンワン」

「バウバウ」

「まだ、しーじゃないの？」

「クオン……」

その後も七生や武蔵が話しかけ、エリザベスが何かしら反応するたびに、解析文が出たが、当たっているような気がしない。

だが、ここまで試すと、士郎のエリザベスに対する見方が変わった。

「エリザベス。お座り」

思いつきから、命じてみる。エリザベスはすぐにお座りをした。

「お手」

ちゃんと、教えたとおりに前足を出す。

そのまま「おかわり」「伏せ」と続けても、エリザベスはきちんとこなした。

これは、子犬の頃からの躾《しつ》けのたまものであり、それを忠実に守れるエリザベスの賢さの結果でもある。

だからこそ、士郎はこれまでには言ったことのない言葉もかけてみた。

「よしよし、エリザベス。じゃあ次は――、僕に何してほしい？」

「クォン？」

さすがにこれは、わからないようだった。エリザベスは伏せたまま首を傾げる。

すると、それを見ていた七生がエリザベスの頭を撫でた。

「なーにー」

エリザベスが身体を横にし、そのまま仰向けに寝転ぶ。

「あーいっ。ねんねー」

（え!?）

「えったん。ぽんぽん」

全身をのびのびと伸ばして、七生にお腹を撫でられて至極ご満悦だ。

「しろちゃん。エリザベスはお腹を撫でてほしかったんだね」

「本当だ」

「……うん」

状況だけを見るなら、そういうことになる。

だが、若干士郎は困惑気味だ。

（え？　これって、七生のほうが確実な翻訳機になるってことか？　しかも、僕たちとエリザベス双方に対しての翻訳——通訳!?）

士郎の問いかけが長すぎたのか、それとも七生がエリザベスに対して特別なのかがわからない。

しかし、エリザベスが七生の「なーにー（何してほしい？）」を理解し、「これしてほしい」と態度で示したのは確かだ。

これまでのことを考えても、偶然とは思えない。

（樹季や武蔵は、七生ほどわかっていない。僕と同じぐらいの理解度だ。でも、年の順で言ったら僕、樹季、エリザベス、武蔵、七生だ。でも、圧倒的な違いは、七生は母さんが早くに他界したために、生まれたときからエリザベスと遊ぶことが多くて、子守をしてもらった時間も武蔵より長い。感覚的にも意思の疎通《そつう》に長《た》けていても不思議はない）

士郎は、七生と戯《たわむ》れるエリザベスと、手にした翻訳機を見比べた。

試してみてから、翻訳機をセントバーナード用ではなく、完全なエリザベス用に調節できればと考えていたが、その発想の根底が覆《くつがえ》った。

(これってもしかして、僕が今よりエリザベスの気持ちや言い分を理解しようとするより、どれぐらいエリザベスが人間社会とその会話、意味を理解してるのかって度合いを知るほうが、能力を測りやすいのかな？　意思の疎通にも近づく？)

理解の基準を自分にではなく、エリザベスに置く。

では、それをするには、この翻訳機をどう改造したらいいのかと考え始める。

「クォン」

すると、突然エリザベスが立ち上がった。

士郎の上着を引っ張り始める。

「どうしたの？　エリザベス」

「何？　どうしたの？」

「しっちゃ。えったんね……」

やはり樹季と武蔵には、エリザベスの行動の意味がわからない。

しかし、七生にはわかっているようだ。

「待って、七生」

士郎は、代わりに何かを伝えようとする七生を、まずは止めた。

そして、エリザベスが自分から求めそうなことを、まずは口にしてみる。

「家の外？」

エリザベスの顔や尾っぽ、全身の動きから、更に問いかけを絞っていく。

「散歩？」

エリザベスの反応が大きくなったところで、ふと月曜日のことが思い出された。

士郎の脳裏に、あの日のエリザベスの仕草や反応が、まるで映写のように蘇る。

「ポメ太？」

「バウ！」

目の前のエリザベスの反応が、月曜日のエリザベスと完全にかぶった。

間違いなく、この要求の仕方は月曜日と同じだ。

「そうか。またポメ太に会いたくなっちゃったのか。でも、今日は優音くんはサッカーの練習だから、行っても会えないんだよ」

「バウバウ」

「行っても遊べないんだよ」

「バウ」

士郎の言葉がけに対して、エリザベスが更に反応した。

「そんなのわかってるから、とにかく連れて行けって感じ？」

「バウ」

とりあえず、思いつくまま話して、エリザベスの反応を見ながら、自分の想像が正しいのか、そうでないのかを判断していく。

「――そう。わかった。なら、連れて行くよ」

エリザベスの尾っぽがひときわ大きく揺れて、自ら玄関へ向かっていった。

士郎もあとを追いかける。

そして、その後ろには、樹季や武蔵、七生までもがもれなく付いてくる。

（この原理でいいなら、エリザベスが僕の言ってることがわかるか否か、仮にわかった場合、実行できるのか否かを判断できる道具に改造したらいいのかな？　それこそ単純にイエス、ノーから始めて――。なんにしたって、こうなるとエリザベスの能力頼りってことだけど）

士郎がエリザベスや七生に急《せ》かされるまま、玄関先でリードを用意する。

「ただいま～」

そこへ充功が帰宅した。

扉が開くと同時に、エリザベスが表へ飛び出してしまった。

「嘘！」

「ちょっ、え⁉」

こんなことは初めてだった。

「ごめん！　充功。七生たちをよろしく！」

士郎はリードを手にして、慌ててエリザベスのあとを追いかける。

「しっちゃ！」

「ちょっ、士郎！　何なんだよ、士郎！」

背後からは七生と充功の声がした。

しかし、今だけは振り返る余裕さえない士郎だった。

4

「待てって、エリザベス！　何がどうした⁉」

エリザベスの行き先が優音の家、ポメ太のところだということは、士郎にも想像が付いた。

エリザベスは勝手に飛び出した割には、全力疾走はしていない。士郎が追いかけられる程度の距離を保って、導くかのようにワッサワッサと走っていく。

「エリザベス！」

そうして一キロ近くは走らされただろうか？

エリザベスは目的地に到着すると、家の中にいるポメ太に向かって吠えた。

「バウバウ」

「あんあん！　あんあん！」

優音の家は、距離的には士郎の家と学校の真ん中ぐらいにある。

この段階で、体力にはまったく自信のない士郎は、かなりゼーハーだ。肩で息をしつつも、まずはエリザベスの首輪にリードを付けた。

これだけでも、ホッとした。その場にへたり込みそうになる。

「バウ！」

「え!?」

しかし、ポメ太と何を吠え合ったのかはわからないが、再びエリザベスが走り出した。

「だから、ちょっと待てエリザベス！　僕はお前と何キロも走れるほど、運動神経も体力もないんだって！　少しは気を遣えよ、気を！」

犬を相手に何を言っているんだと、自分でも思った。

だが、士郎にとっては小走りで一キロすぎたところで、すでに限界だった。

エリザベスに引っ張られながらとはいえ、そのまま走らされるなど、想定外どころか論外だ。

学校のマラソン大会でも一キロ以上など走ったことがないのに、このまま自己最高記録を更新するなら、せめて成績に評価してくれ！

これを通知表に足してくれ！　と、セコいことまで思ってしまう。

（駄目だ、もう――。苦しい……。目が霞む）

息が上がり、鼓動が早まり、若干視界もぼやけ始めた。

意識朦朧《もうろう》で、今にも転びそうになったが、そこでエリザベスがぴたりと止まった。

膝から一気に崩れ落ちる。

だが、そこは申し訳なさそうに、エリザベスが支えてくれた。

「はーはーはー」

全身で呼吸を整え、ぐったりとした頭を上げた。

すると、目の前にはいつかどこかで見た光景が広がっている。

「――学校？」

エリザベスが何をしたくて、こんなところへ自分を引きずってきたのかがわからない。

ただ、間にポメ太の存在があることを考えると、ゴールは優音か？　という想像はできる。

「あれ？　でも、グラウンドはソフトボール部が使ってる」

しかし、肝心のサッカー部の姿が見当たらない。

グラウンドで練習をしているのは、他のクラブだ。

「バウ」

三度《みたび》、エリザベスが動き出した。

学校へは一度も来たことがないはずなのに、いったいどこへ士郎を連れて行こうとしているのか？

未だ息苦しさは残っていたが、ここまで来たら最後まで。士郎は、ヨロヨロしながらも
エリザベスと一緒に門をくぐった。

これが校則違反だということは、十分承知だ。

極力人目《ひとめ》に付かないようにしたいが、リーダーがエリザベスではそうもいかない。

ただ、そう思っていたが、なぜかエリザベスは人目に付かない校舎裏に進んでいく。

「裏庭？　あ、そうか。追加で何をするのかは知らないけど、ちょっとした練習なら裏庭
でもできるのか。庭とは名ばかりの空き地だし」

最終目的地の見当が付き、士郎も少し足早になった。

エリザベスと裏庭へ回る。

すると、サッカー部に所属する生徒たちが、自主練習を行っていた。

「クオン」

（え？）

シュート練習なのだろうか？

ゴールに見立てた壁側に優音が立ち、そこへ五年生から六年生の上級生たちが続けざまにシュートを蹴り込んでいた。

「ほら、立て！　これが試合中だったらどうするんだ！」

今の時点で、どれぐらい同じ練習をしているのか、士郎にはわからない。

だが、優音はここまで走ってきた士郎以上にふらふらだ。蹴り込まれるボールを取るどころか、追うことすらままならない状態だ。

「キーパーがボール取らなくて、誰が取るんだよ！　ほら、もう一つ行くぞ！」

優音の足に、次々とボールが当たる。

士郎は一瞬何が何だかわからなくなり、辺りを見渡した。

顧問の円能寺はいない。

見学していた四年生から下は、かなりビクビク、オロオロしている。

しかし、その中で唯一、表情ひとつ変えずに見ている者がいた。

（晴真……）

ひときわ強いシュートをよけられず、優音がその場に倒れ込む。

その瞬間、士郎の目にうっすらと微笑んだ晴真の顔が映った。

（あいつ——!!）

何かが士郎の中で切れた。

エリザベスのリードさえ放り投げて、士郎は練習の最中に飛び込んだ。

「ほら！　立て、優音！」

「やめろ——っ!!」

倒れた優音を庇うと同時に、シュートされたボールが士郎のこめかみを直撃した。

かけていた眼鏡が弾き飛ぶと同時に、士郎も衝撃からその場に倒れ込む。

「バウバウ！」

「え！」

「士郎!?」

一瞬何が起こったのか、晴真や上級生たちも驚愕していた。

「しっ、士郎くん？」

優音さえも、目の前でうずくまった士郎の姿に困惑している。

「バウバウ！」

「な、何急に飛びだしてんだよ！」

「今のは勝手にお前から当たったんだからな！　俺は狙ってないぞ！」

エリザベスが心配そうに吠える中、上級生たちが慌てて士郎のもとへ駆け寄ってきた。

すると、士郎がこめかみを押さえながら、ふらりと立ち上がる。

そして、周囲をきつくにらみつけると、

「僕がここでボールにぶつかったことは、僕自身の不注意です。これに関しては僕が悪かったので、先輩たちやサッカー部員のせいじゃありません。全面的に認めます。ごめんなさい」

まずは、自ら謝った。頭も下げて、今のは不可抗力だと言葉にもした。

だが、その声色も口調も、一度として聞いたことがないものだった。

幾度も士郎が怒っているのを目の当たりにした優音でさえ、全身を震わせて激怒するのを見たのは始めてだ。

上級生もそれは同じらしく、完全に蛇《へび》に呑まれたカエル状態になっている。

「でも、優音くんに対してのシュート練習は、練習に見せかけたいじめにしか見えませんでした。それはどうなんですか？」

「いっ、いじめ!?」

「いじめじゃねぇよ。キーパーを鍛《きた》えるんだから、これぐらい普通だよ」

突然切り込まれて、上級生たちが本気で驚いていた。

「そ、そうだよ。部外者の士郎にはひどく見えたかもしれないけど、俺だって最初の頃は飛んでくるボールから逃げないで食らいついていく練習ってことで、わざとボールをぶつけるぐらいの勢いで、バンバン蹴ってもらったよ。キーパーの俺が言うんだから、そこは間違いない。これは練習だ。ちゃんと頑張って取れよって気持ちで蹴ってた」

何をどう言われても、士郎にはいじめにしか見えなかったが、上級生たちは全力で否定した。

現在キーパーをしている部長も、真剣に「これは練習だ」と主張する。

「それって、ここに先生や保護者たちがいても同じことが言えますか？」

それでも士郎の疑いは晴れなかった。

「いっ、言えるよ」

「充功がいても？　あとで嘘だってわかったら……」

「言えるよ！　つーか、嘘も冗談も通じないってわかりきってる士郎を相手に、いじめ疑惑で嘘をつくほど、俺たちだって馬鹿じゃない！」

「そうだそうだ。そこまで心臓も強くないし、怖さだけで比べるなら、充功先輩の一蹴りよりも、お前の説教後についてくる充功先輩の一蹴りのほうが二倍怖いし、いやだ！　それぐらいの計算は俺たちにだってできる！　だいたい、考えてもみろ。部内でいじめ事件なんか起こしたら、試合に出られなくなるじゃないか！　何のために練習してるんだよ、全部パアだぞ！」

意図して脅しもかけたが、上級生たちの意見は一貫していた。

と同時に、士郎が知らなかった情報漏れも発覚する。

「それはごめんなさい。今後は何かあっても、充功には漏れないように気をつけます」

「いや、そういうことじゃなくて！　俺たちだってもう、ごまかせる相手とそうじゃない相手ぐらいは見分けられる。味方にしたい相手も、敵にしたくない相手も、ちゃんとわかるって話だよ」

「そうそう。それに、こうやって練習を増やしたのだって、晴真が士郎から飛鳥に頼るなって言われた。試合に勝ちたかったら、先に自分が練習して強くなれって言われたって聞いて――。そりゃ、もっともだなって納得したからだ」

それどころか、士郎の誤解を解こうと、相手も必死だ。

「そうだよ。そしたら士郎、応援するって言ったんだろう。試合の作戦を立てるのにも協力してくれて、試合当日もベンチに入ってくれるんだろう」

ここまで言われると、さすがに士郎もシュートを蹴っていた彼らに、いじめの意識がないことは理解できた。

彼らにとっては今のは、どこまでも練習の範囲内なのだ。

士郎は、いったん引くことにした。

「どこで話がそうなったのかはわからないですけど、僕にできる協力ならします。いじめも誤解だったみたいなので、ごめんなさい。僕の早とちりでした。ひどい言いがかりをつけてしまって、反省します」

深々と頭を下げた。

これが本当に勘違いなら、士郎としても謝罪するしかない。

「いや、わかってくれたら、それでいいよ」

「うんうん。希望ヶ丘が誇る天才少年にも勘違いはあるんだなってわかって、ちょっと近寄りやすくなったしさ」

部長も上級生も、潔《いさぎよ》く頭を下げた士郎に対して、変に責めることはなかった。

背後に構える充功が怖いというよりは、やはり士郎自身に誤解はされたくなかったのだろう。

「これ。眼鏡は壊れてないみたいだぞ。よかったよ」

飛んだ眼鏡を拾った一人が、自分の上着でレンズを拭いて差し出してくれた。

「すみません。ありがとうございます」

「俺もボールをぶつけたのに、まだ謝ってないしな。ごめん。あ、冷え冷えシールがあるはずだから――」

咄嗟に〝俺は悪くない〟と主張した上級生も、赤くなり始めた士郎のこめかみを見たためか、慌てて救急箱を取りに行く。

ただ、それでも士郎の目つきは変わらない。

声色や口調は少し落ち着いたが、目つきだけは冷ややかで、周りを射るようなのは鋭さも変わらない。

なぜなら、士郎が〝これは優音へのいじめだ〟と判断した理由が、練習状況以外にもあったからだ。

「いえ、それはいいです。それより、改めて質問させてください。今のが練習だったとして、優音くんは自分からキーパーを希望したんですか？　強くなりたくて猛練習を希望したんですか？　僕が聞いた限り、優音くんはお父さんがやっていたポジションと同じ、ミッドフィルダーを目指していたはずなんですけど」

「は？　ミッドフィルダー？」

驚いて見せたのは部長だった。

やはり――と、士郎は奥歯を噛む。

「どういうことだよ、晴真！　って、いねぇし!!」

この練習を仕掛けたのが誰なのかは、すぐに部長の口から明らかになった。

「あいつ、逃げやがったな」

上級生たちも、これにはすぐに気づいたようだ。

自分たちが騙《だま》され、利用されたことに――。

「ごめんな、優音。俺たちお前がガンガン鍛えてほしいって聞いて、喜んで蹴り込みしちゃったよ。俺たちも盛り上がってたから、違うって言い出せなかったよな」

急なことに唖然としている優音に対し、まずは部長が頭を下げた。

「今年はキーパーも育てなきゃな～とかって言ってたのは本当だし。先のことを考えたら、五年生より四年生がいいよなって話もしてたからな」

「だからって、晴真の奴。俺たちを騙して逃げるとか信じられねぇ。士郎が止めてくれなかったら、まんまいじめじゃねぇかよ」

一人、また一人、シュートを蹴り込んでいた者たちが、優音に頭を下げていく。

実際、自分たちもかなり荒っぽい練習をこなしてきたからこそ、さじ加減が曖昧《あいまい》になっていたのだろう。

一言で「都大会優勝を目指す」と言っても、東京都内は学校数も多ければ、強豪校も多い。地区大会を勝ち抜くのでさえ、それ相応の強さがいる。

この希望ヶ丘小学校のサッカー部は、公立校の部活としては弱い方ではないだろう。

それゆえに、練習だかいじめだかわからなくなるのは問題だが、少なくとも現キーパーの部長は、この程度はこなしてきたということだ。

「――優音。もしかしてお前、普段から晴真にいじめられてるのか？」

ただ、ここは改めて部長が尋ねた。

士郎も一緒に耳を傾ける。

「……ち、違います。僕、いじめられてなんていません」

「別に、隠さなくてもいいぞ。これは告げ口とかじゃないし、俺たちも聞いた限りは、お前のことちゃんと庇うし、守るから」

隣のクラスとはいえ、士郎は優音や晴真とは別のクラスだ。日頃の教室内の様子まではわからないし、伝わってこない。

そもそもいじめは、人目に付かずにやるほうが断然多い。

こればかりは、目撃者がいて証言をしない限り、本人に言ってもらうしか知り得ないことだ。

「本当にいじめられてません！　きっ、キーパーの話も、晴真くんに〝やれる？〟って聞かれて、僕がいやって言わなかったし。本当に必要なんだってわかったら、このまま頑張って練習したら、来年までに少しでも上手くなれるのかなって思い始めたし……」

しかし、優音は晴真からのいじめは否定した。

晴真を庇っているのか、いっそういじめが強まるのが怖いのか、それともこれが事実なのかは誰にも判断がしきれない。

「優音くん」

とはいえ、士郎が一瞬にして切れた晴真の微笑の中には、確かに醜い思いがこもっていた。

あれは意図して、練習にかこつけたいじめを誘導したとしか考えられない表情だった。

「いっ、いい子ぶるなっ！　こんなところでいい子ぶった嘘をつくぐらいだったら、俺にいじめられてたって言えばいいだろう！　俺はお前をいじめてた——。わかってて、いろいろ言ったりやったりしたんだから！」

すると、校舎の陰から顔を出した晴真が、突然叫んできた。

「晴真」

「晴真！　お前っ」

士郎と部長が振り返ると、そのまま逃げた。

「バウ!!」

士郎が命じたときには、すでにエリザベスが追いかけている。

「待て、晴真！　エリザベス、捕まえて」

「ひぃっっっ」

士郎たちも続けて後を追う。

晴真は数十メートルと走る前に、エリザベスに捕まっていた。うつぶせに倒れた背中を、前足でドッカリと押さえられている。

「ひぃっっっ！　なんなんだよ、エリザベス！　お前までやさおの味方なのかよっ！　士郎みたいにやさおのぉ――、ひぃっっっ」

頬もベロンベロンに舐められて、怒ってるのか泣いているのかわからない状態だ。

「エリザベスには、晴真の敵味方なんて認識はないよ。それは僕も同じ。話の途中で逃げようとしたから捕まえただけ」

「――っ」

歩み寄った士郎が側へしゃがむと、エリザベスが背中から前足をどかした。

だからといって、もはや晴真に逃げ場はない。

身体を起こして体育座りをするも背後には校舎とエリザベス、目の前には士郎と優音、そして上級生たちがずらりと並んでいる。

「で、改めて聞くけど、どうして優音くんのことといじめたの？」

「士郎くんっ。僕は――」

「優音くんは何も言わないで。申し訳ないけど、今は晴真の話が聞きたいんだ」

「……っ」

優音は止めたが、士郎はきっぱりとはねのけた。

士郎の心は、言葉のままだ。

今は晴真の気持ちが知りたい――ただ、それだけなのだ。

「先輩たちも、ご協力お願いします」

「あ、ああ」

これ以上中断されたくなかったのか、士郎は部長にも先に頼んだ。

そして、改めて晴真に問いただす。

その目は晴真しか見ていない。

「晴真、理由は？　どうしていきなり優音くんのこと。それとも最初からいじめのつもりで、変なあだ名で呼んでたの？　僕は先生が間違えたのに便乗《びんじょう》しただけ、ちょっと調子に乗って、本気で優音くんがいやがってるのに気づけないでいるだけなのかって思ってたんだけど」

晴真は俯き、なかなか士郎の顔を、目を見ようとはしなかった。

だからだろう。眉をつり上げ、冷ややかに見据える眼差しが、今にも涙をこぼしそうになっていることにも気づけない。

今の士郎の顔を、行き場のない思いを、真っ正面から見ているのはエリザベスだけだ。

「幼稚園から一緒なんだから、僕の性格は知ってるよね？　ここで言わないなら、晴真のお母さんに許可をとって、僕の家に連れて帰るよ。一晩中でも話すまで待つよ。それでもいい？　もしかして、そっちのほうがいい？　けど、それをしたら二度手間だよ。また明日、優音くんや先輩たちに同じことを言う羽目《はめ》になるけど、それでもいい？」

士郎の後押しをするのではないが、エリザベスが晴真の背中を鼻で小突いた。

その瞬間、ようやく晴真が口を開く。

「――き、気に入らなかったんだよ」

か細い声だが、ぼそりと言った。

「何が？　どこが？　きっかけは？　なんとなくとか、わからないはなしだよ。このさい、自分が思い当たることは全部言って。優音くんに関係のないことでも、いじめたい気分になった原因かもしれないって思うことは、この場で全部はき出して」

士郎が、晴真の内に芽生えたであろう、闇の中に突き進む。

それこそ颯太郎が言っていた、誰でも少しぐらいは持っているだろうモンスター化する要素。そのリミッターの加減や、限界がどこにあったのかが知りたくて、俯き続ける晴真の腕をがっちりと掴む。

「何を言っても、それが嘘やごまかしじゃないなら、僕は友達をやめたりしない。これからもずっと友達でいるから！」

そうして、心の底から叫んだ。

ようやく晴真が顔を上げる。

誰に、何に対しての悲憤《ひふん》なのか、こめかみを腫《は》らした士郎の目からは、一筋の涙がこぼれ落ちる。

すると、それを見た晴真が士郎の腕を掴み返した。

「士郎が……。士郎が、やさおにばっかり優しくするからだよ！　バトルカードのことですっげー迷惑かけられたっていうのに、怒りもしないで。逆に前より仲良くなってるから、腹が立ったんだ！」

「――え？」

まったく予想もしていなかったことを言われて、士郎がたじろぐ。

当然、その背後でも、部長たちが一歩引いた。

「あとは……。やさおが士郎に母ちゃんの自慢した……。士郎の母ちゃん、もういないのに、嬉しそうに母ちゃんの……。でも、それを士郎が笑って聞いてて、余計に意味がわからなくて、ムカムカした」

しかし、晴真が胸中をさらし始めると、どこからともなく「ああ」と、それは理解できると言いたげな声が漏れた。

「最初は……、やさおが気に入らないとか思ってなかった。どっちが気に入らないって聞かれたら、飛鳥のほうが気に入らない。カッコいい顔でカッコつけやがって、勉強できて、サッカーもうまいとか大嫌いだ！」

こうなったら洗いざらいぶちまけてしまえと思ったのか、晴真は思っていたことをすべてはき出していく。

士郎や上級生たちも、ここは黙って耳を傾けるだけだ。

「先輩も先生も、ずっと俺がエースだって言ってたくせに、飛鳥が来たとたんに、飛鳥飛鳥って……。俺にも部活に誘えないかって言ってきて。でも、誘ったら誘ったで、今度は士郎に怒られる。やさおに八つ当たりしても士郎に怒られるっ！」

そうして、はき出されるごとに、上級生たちも気づく。

自分たちも意図せぬところで、晴真を追い詰めていた。彼の性格や言動から、そこに気づくことができなかった。

特に、飛鳥に絡んでいる話の辺りはそうだ。

何を頼まれても言われても、晴真はかなり真摯に受け止め、頑張ってしまう。

最初に感じた不満を我慢したことから、その後の不満や我慢を蓄積していったのだろう。

そして、それが一番望ましくない形で、爆発してしまった。

「えっと……。それって、ほとんど僕が悪いってことだよね？　僕が晴真の気持ちに気づけなくて、むしろ逆《さか》なでして。巡りに巡って、優音くんに全部向かったってことだよね？」

とはいえ、士郎からすれば、部活がらみのプレッシャー云々《うんぬん》は、些細なことだ。

晴真の鬱憤《うっぷん》の大半が、自分のせいに思えてならない。

もう少し自分が気遣えば、晴真と話す時間を増やせばよかったのだろうか？

だが、士郎自身には晴真に冷たくした覚えもなければ、以前と付き合い方を変えた覚えもない。

逆に、変えなかったことが不満だったというなら、はっきり言ってもらわなかったら、わからないことだ。

それは晴真だって、知っていたはずだ。

なぜなら以前、

〝えー。士郎なら言わなくてもわかってくれるし、やってくれると思ったのにぃ〟

けろっとした顔で言われて、「無茶を言うな！」と返しているのだから――。

「そうじゃないよ！　それもあるけど、そうじゃない。こいつがいつもニコニコして、朝は父ちゃんと犬の散歩して、夜は母ちゃんや兄ちゃんと犬の散歩して……。そしたら、今度は士郎とまで――。それを見かけるたびにイライラ、ムカムカが増えたんだ！　なんでこいつばっかりって、家族も士郎もって思ったんだ！　そしたら意地悪して、いじめたくなった。こいつのニコニコ面《づら》を、ぶっ壊したくなったんだ！」

しかし、面と向かって士郎が話を聞けば聞くほど、晴真からは不満が飛び出した。

最後は、部活や学校から離れた家庭の不満らしきものまでだ。

「家族も……？」

正直言ってしまえば、士郎は自分のことより、ここに家族の話が出てきたことに、一番驚いた。

晴真の両親も家庭も、幼稚園時代から知っている。

家族同士でも行き来があるが、晴真の両親も子煩悩で颯太郎ともよく気が合う。

最近はお互いの忙しさからか、ホームパーティーなどは企画もできないが、それでも父母会などに行けば、晴真の母親と颯太郎は顔を合わせている。

そのたびに話もしている。

颯太郎の口から、晴真の家庭に問題が起きていそうだ、ちょっと心配だなんて話は一度として聞いたこともない。

「俺が悪いよ！　そんなのわかってるよ!!　でも、もう、やっちゃったんだよ！」

すべてをはき出しきって、限界を迎えたのか、晴真が士郎の腕を放して泣き出した。

背後にいたエリザベスに抱きつき、それこそワンワンだ。

「クォ～ン」

エリザベスは、身動き一つせずに、晴真を全身で受け止めている。

時折鼻先で頭をチョイチョイして、慰めてもいるようだ。

今になって、士郎はこめかみに受けた一撃が効いてきた。

外からも中からも頭が痛い――。

「参ったな」

それでも士郎は、考えた。

今の話を最初から整理し、まずは解決できるところがどこなのかを探した。

そして、やはりここか——と目処《めど》をつけ、優音のほうを振り向く。

「えっと、優音くん。この前家で聞いたことって、晴真に話してもいい？　平気？」

「う、うん。平気だよ」

優音が力強く頷いた。

士郎は「ありがとう」と礼を言って、晴真の腕を掴んだ。

「晴真」

一度場所を変えて、二人で話をしようとしたのだ。

「士郎くん、ここでいいよ。みんな聞いてても、僕は平気だから」

「——わかった。ありがとう」

しかし、それは優音本人から止められた。

こうなると、優音にも思うことがあるのだろう。士郎はその場で話し始める。

「——晴真。よく聞いて。優音くんはうちに二度来てるから、母さんの仏壇はもう見てる。僕に母さんがいないことは知ってるよ」

「そっ、それで母ちゃんのクッキー自慢とか、よくできるなっ！　お前はいやな気分にならないのかよっ！」

晴真は涙と鼻水でグダグダになりながら、しゃくり上げていた。

「ならないよ。それはそれだし、これはこれだもん」

「――っ。だから俺の腹が立つんだよ！」

やはり士郎の態度にも問題はあるらしい。

充功が知ったら「それみたことか」とはしゃぎそうだが、細かいことはすべてあとだ。

士郎は晴真をなだめながら、話を続ける。

「そこは、待って。でね、優音くんが今の家で一緒に暮らしてるのは、お母さんの妹さんなんだ。お父さんはその旦那さん。だから、お兄さんも本当はいとこなんだって」

「!?」

晴真が全身を震わせた。士郎と優音の顔を交互に見た。

優音は、コクリと頷く。

士郎はそれを見ながら、もう少し詳しく説明していった。

「優音くんのご両親は、昨年の春に事故で亡くなってる。それで叔母さん夫婦に引き取られて、そのあと叔父さんが〝みんなの家を買おう〟って決めて、希望ヶ丘に引っ越してきたんだって。だから、これから本当の親子に、兄弟になろうって、お互いに頑張っているところなんだって。それで、朝と夜の犬の散歩も、少しでも会話の時間を増やすためにしていることで、晴真が思っているほど〝羨ましい〟ばっかりが詰まってる訳じゃない。優音くんのニコニコには、相当な頑張りがあるんだよ。僕が何を言いたいのか、わかるよね？」

内容が内容だけに、上級生たちも俯《うつむ》いてしまう。

晴真もこれで、優音が抱える事情は察しただろう。

だが、それでもどこか煮え切らない。

ボソリと、言い返す。

「でも……。仕事ばっかりで、放置されるよりはマシだろ」

まるで、それなら他界していたほうが、諦めも付くと言わんばかりだ。

士郎は信じられずに、問い返す。

「本気で言ってるの？」

「どんなに頑張っても、全然気にしてくれない親なら、俺はいつも構ってくれる叔父さん叔母さんの方がいいよ！　全然いい!!　でも、こんなの士郎に言っても、わからないよ。いつも自分を見てくれる人がたくさんいるんだから、わからないっ！」

たとえ母親がいなくても、士郎には三人の兄がいる。三人の弟がいる。

そして、誰より子供を溺愛している父親がいる。

確かに、それを言われたら、そうかもしれない。

しかし、晴真がここまで言い出すほどの何かが、家庭内で起こっていたことが、士郎にはなかなか信じられない。

悲しいことだが、世に言うところの放置子とは、士郎も過去に何人か出会ったことがあった。

見かけるたびに、悲しいのか、切ないのか、憎らしいのか、どうでもいいのか――。

いずれにしても、独特な目つきをしていて、それは今の晴真には当てはまらない。

これまでの彼を振り返っても、一度として同じ印象は持ったことがないのだ。

「晴真。それ、自分の口から両親に言ったことあるの？」

「言っても無駄だよ。もうずーっと、仕事ばっかりなんだから。特に母ちゃんは！」

士郎は、晴真の目を見ながら、今一度問いかける。

「ごめんね、晴真。でも、確認させて。お父さんが働いてるのは家族のためだし、お母さんがパートさんに出てるのは、晴真に好きなだけサッカーをさせるためだよね？　ユニフォームや靴を買ったり、合宿や試合に行ったり。そういうのに、お金もかかるようになったからだよね？　だって、お母さんがパートさんに行き始めたのって、晴真がサッカー始めてからだし。ずいぶん前に、うちのお母さんにも立ち話でそう言ってたの、僕聞いたことあるよ」

「!?」

晴真は明らかに驚いていた。

何かハッとしているようにも、士郎には見える。

「晴真。勘違いしてない？　確かに晴真のお母さんは、パートさんを始めてから、前みたいにいろいろしてくれないかもしれない。手作りのおやつとか、一緒に遊ぶとか、仕事で忙しくて、疲れて、無くなったかもしれない。けど、これまで通りにご飯を作ってくれて、掃除をしてくれて、洗濯もしてくれてるよね？　お風呂も沸かしてくれて、ご飯の後片付けもしてくれて、学校行事にもちゃんと出てくれて――。なのに、パートさんにも行ったお給料が、お母さん自身のお化粧とか洋服とかに使われてるわけじゃないよね？」

晴真の目が、顔つきが、更に焦《あせ》りを現した。

ここまで確かめれば、オチは見えた。

士郎は、少しだけ語尾を強くする。

「ちなみに――。かまってほしい晴真は、自分から進んでお母さんの手伝いとかしてるの？　一緒にいたい、話を聞いてほしいなら、お皿洗いを手伝ったり、買い物に行ったりすることでもできるよね？　お父さんにしたって、お休みの日に肩たたいてあげるとか、そういう努力は自分からした？　それでも無視されるの？　うるさいとか声をかけるなとか言われるの？　この前言ってた新しいゲームって、そもそも誰が買ってくれたのかな？」

「っっっ」

晴真は完全に撃沈した。

この甘ったれが！　と一喝《いっかつ》したいが、そこは士郎もグッと抑える。

思い返すまもなく、晴真の母親は良妻賢母の見本のような女性だ。家事も育児も心から楽しんでできるタイプで、その上晴真は一人っ子。溺愛されて育てられている。

それこそ母親がパートに出るまでは、一人で留守番さえしたことがないぐらい、至《いた》れり尽《つ》くせりで生活をしてきた。

だからこそ、それが崩れたところで放置されたような気持ちになったのだろう。

優音の両親――叔父叔母が共働きにも関わらず、朝夕散歩の時間を作っているのを見て、放置の基準を勘違いしたのもあるかもしれない。

あとは、士郎の家に自宅仕事の颯太郎が、いつもいるのも勘違いのもとだ。

颯太郎が一度仕事でテンパったら、「お帰りなさい」も言わないぐらい、心は二次元へ行ってしまうのに――。

「僕が言えるのは、ここまでだよ。でも、晴真はこれでちゃんとわかるって、僕は思ってるし信じてる。優音くんに腹が立った半分以上の原因が僕にあるのもわかったから、そこは僕も気づけなくてごめん。僕のこと、いろいろ考えてくれてありがとう」

それでも士郎は、晴真が自分を思っていろんな感情に苛《さいな》まれたことに対しては、謝罪と感謝を口にした。

「晴真――、本当にごめん。そして、ありがとう」

ときには自分のことで、自分以外の誰かが感情的になる。士郎自身が気にしなさすぎて、逆に周りが気にするのだということを改めて知ったからだ。

充功が大げさなわけではなかった。

兄弟だから、そうなんだろうと言うわけでもなかった。

なぜなら士郎自身も、今回ばかりは晴真のやらかしたことに感情を揺さぶられた。

芽生えた気持ちは違っても、自分以外の誰かのことで気持ちが揺れ惑ったことは一緒なのだから――。

「ごめん」

晴真もようやく納得したのか、言うべき言葉が口から出た。

「それは僕に言ってもしょうがないよ」

「――ごめん。ごめんなさい」

優音に対しても謝罪し、しっかり頭も下げる。

「うん……。うん。いいよ。じゃない――、僕も、ちゃんと言わなくて、ごめんね」

すると、晴真が士郎や晴真に合わせるようにして、その場にしゃがみ込んだ。

「僕とお兄ちゃんが、士郎くんや兄弟に迷惑かけたのは本当のことだから、怒られても仕方がない。家のことだって、僕が言わなきゃわかるはずがないんだから、晴真くんが勘違いしたり八つ当たりしたくなったのも、なんとなくわかる。僕も、両親が死んだあとは、しばらくは友達がうらやましくて、見てるだけでふてくされた。叔母さんや叔父さんのことも、お母さんお父さんとは呼べなかったし、お兄ちゃんもそれは同じで――。呼べるようになった今でも、たまによくわからなくなる。ごめんなさいって……思う」

改めて晴真と向かい合う。

ちょっと苦笑いを浮かべながら、自分の思いを言葉にする。

「だから、たまたまいろんなことが僕に重なったんだなって考えたら、晴真くんが僕に怒った気持ちは想像できる。特に士郎くんのことは――。多分、僕が晴真くんだったら同じこと思うし考える。だって、僕も士郎くんのことが好きだから。最初はちょっと怖くて近寄れなかったけど……。今はもっと仲良くできたらいいなとか、ずっと仲良くできたらいいなって、すごく思ってるから」

「やさお……。あ。いや。優音」

言葉にしても、上手く伝わらないことはたくさんある。

だが、それを口にしなければ、そもそも何も伝わらない。

知ってほしい、わかってほしいと思えば、口に出して言うしかない。

とても当たり前のことだが、忘れがちだ。

優音も士郎に言われなければ、改めて意識はしなかった。

「――でも、知り合ったばかりで、よくわからないで怖がってた僕と晴真くんじゃ、全然違うんだよね。士郎くん。晴真くんのことだけは〝晴真〟って呼び捨てにするし、晴真くんが居ないところでも、ちゃんと心配してる。もう、すごく信頼してる友達なんだよね。

だから本気で怒るし、話も聞く。今だってそうだもん」

　優音も思い切って、胸の内を明かした。

　晴真と士郎が揃っているからこそ、二人への今の気持ちをありのまま話した。

「士郎くんは、僕がいじめられたから怒ったんじゃない。晴真くんがいじめたから怒ったし、悲しんだし、どうしてなんでって……苦しくなったんだと思う。すごくわがままだけど、僕は晴真くんが羨ましい。どんなことでも、ちゃんと聞いてくれる士郎くんに、すごく大事にされてる晴真くんがいいなって思う」

　晴真からすれば、自分には考えつきもしない発想だ。

　それは士郎にしても同じで、どう受け止めていいのか、また悩む。

　十人十色ではないが、本当に一人いたら一人の考え。十人いたら十人の考えがあるということだろう。

「けど――。それとは別に、僕は晴真くんのことも好きなんだよ。転校してきて、最初に声をかけてくれて、サッカー部にも案内してくれた。やさおはちょっとあれだったけど、そう読めちゃう名前だから、しょうがないかって。それに、士郎くんに対してもバンバンあれこれ言っててすごいなって思ってた。晴真くんと仲良くして、サッカーも一緒にできたら楽しそうって、これは本当に思ってた。だから、声をかけられたら嬉しくて、くっついて歩いてた」

それでも、思い切って自分の気持ちをはき出した優音は、何か吹っ切れたような笑顔を見せた。

「キーパーのことも、ちょっと本気で考えた。死んだお父さんが学生のときにやってたってミッドフィルダーには憧れたけど。でも、今ここで必要なのは、キーパーなんだよなって思ったら。僕……、頑張ったらみんなの役に立てるかな？　士郎くんもサッカーは一人でやるものじゃないって言ってたしな――って、思えた」

これまでのこと、今日のこと、そしてこれからのことを晴真や士郎にすべて話せたことが一番嬉しかったのかもしれない。

心なしか、一緒に聞いていたエリザベスも尾っぽを振ってご機嫌だ。

「なんか、よくわからなくなってるけど。とにかく、僕は士郎くんとも晴真くんとも仲良くしたいから――。本当、贅沢でごめんねっ！」

「優音……」

晴真もここまで来て、ようやく泣き顔を笑顔に変える。

「これからでも、ちゃんと仲良くしてもらえるかな？　キーパーは本気で考えるよ。練習もいっぱいするから。僕、頑張るから！」

「ごめん。ありがとう。――でも、本当にごめん。ごめん……優音」

「うん」

いつの間にか話がサッカーになっていたので、士郎はそろりと立ち上がった。終始傍観《ぼうかん》に徹してくれた部長や上級生のほうへ歩み寄る。

「ふたを開けたら、すごい三角関係だったな」

「モテモテじゃん。士郎」

「いや、えっとぉ。これってやっぱり、僕が一番悪い上に、騒ぎを大きくしたってことですよね？　ついでに言うなら、あの二人のほうが気が合うんじゃないかと……」

晴真と優音はすでに気にしていないようだが、士郎はどうにもすっきりしなかった。二人に悪気や特別な意図がないのはわかるが、だからこそ変な被害妄想に駆られそうになる。

こめかみもまだ痛い。やはり優音より前に立ったがために、近距離で受けてしまったからだろう。

「そうなると、それはそれで寂しいか？　あいつら実は、そこを狙ってるかもしれないぞ」

「え？」

「だからって〝別に僕は気にしませんよ〟とか言うなよ。今度はあの二人が揃って凹《へこ》むぞ。もっと面倒くさくなる」

「士郎はさ、〝僕はみんなと仲良くしたい。みんなで一緒にいるのが一番嬉しい〟って言って、笑っとけ。そこは嘘でも、樹季を見習えよ。それで世の中が上手くいくこともあるんだからな。特にあの二人は！」

　上級生たちからまで、「どうして僕が!?」というような要求を受ける。

「ってことで、ここは目一杯サービスしとけ。二人の手を取って、よかったよかった。これからも仲良くしてねとか、適当に言っとけ！」

「え!?」

「ほら、早く」

「――？」

　背中を押されて、再び晴真と優音のもとへ戻される。

　不本意だが、それで世の中がうまくいくと言われたら、士郎も試してみる他はない。

「よかった。これからも仲良くしてね」

「士郎！」

「士郎くん!!」

「うわっ！」

　ただ、言われたとおりにやってみたら、双方から抱きつかれて大変な目に遭った。

　だが、誰が見てもわかるほどの仲直りなら、この結末も仕方がないと諦める。

「見せられたこっちが恥ずかしい。友情フォーエバーだな」

　どうにか大事《だいじ》を小事《しょうじ》で食い止めることができた上級生たちも、胸をなで下ろしていた。

「でも、三人並ぶと晴真の単純が一番ホッとする」

「士郎は晴真が足を引っ張ってちょうどいいんだな」

「優音も実は、けっこう捻《ひね》りがかかってるもんな。気が弱いだけかと思ったけど、奥歯を噛んで耐えるタイプだ」

「それでも今、この場で〝ごめんね〟と〝ありがとう〟が言い合えたのはよかったんじゃないかな？」

——と、いったいどころから様子を見ていたのか、部長たちに声をかけた大人がいた。

「新川先生」

びっくりして振り返る。

しかし、新川はいつにもまして穏やかに微笑んでいた。

特に誰を叱るつもりはないようだ。

「ここでお互いに、本心をはっきりさせてなかったら、晴真くんはあと戻りできないままいじめたい気持ちや行動がひどくなっていたかもしれない。優音くんだって、最初に晴真くんと仲良くなりたいって気持ちがあった分、いじめられてるって実感し始めたら悲しいだろうし、心から嫌いになるかもしれない。そうして相手を憎んで、傷ついて。いじめにいいことなんて一つもないからね」

言葉の端々から、安堵しているのが上級生たちにも伝わった。

「何かが気に入らなかったり、八つ当たりしたり、それはみんな少しはあると思う。ちょっとしたきっかけで、行動にも出てしまうことだって――。けど、そこでどうにかしなかったら、正さなかったら、悪い方にばかり転がってしまうから」

決して無傷とは言わないが、今なら小さなかすり傷だ。

しかも、自分たちできちんと治し、そして癒やして回復している。

新川はそこに一番、安心したのだろう。

と同時に、

「先生も三人に謝らなきゃ。本当なら士郎くんより早く気づいて、士郎くんの前に晴真くんに話を聞かなきゃ駄目だった。だって、先生なんだから――」

誰より反省していたが――。

「そうだ。士郎もこの際だからサッカー部に入れよ。三人で都大会優勝を目指そうぜ」

親の心子知らずではないが、晴真の気持ちの切り替えは、素晴らしいものがあった。

「え？　やだよ。僕はそういうの向いてないし、好きじゃない」

「どうして？　士郎くんなら名ミッドフィルダーになれると思うよ。このさいボールに触らなくても、フィールドに立って指示だけしてくれてもすごくいいと思う。まさに司令塔でカッコいいじゃん」

優音も優音で、これを機に開き直ったのか、晴真と二人がかりで士郎をサッカー部に勧誘し始めた。

しかも、立って指示だけでもいいんじゃ……とは、何事だろう。

そんなミッドフィルダーなら、士郎がチームの選手でも、「いらないよ」と断言する。

「それは、監督とかコーチがベンチからすることだから。もしくは、全体を見渡してるゴールキーパーとか」

「僕は無理だよ。ボールを見るだけで限界」

「うんうん。外やゴールから言われるより、ど真ん中に立って、あっちとかこっちとか指示してもらうほうが楽そうだしな」

「そうそう」

しかし、こうなると二人揃って、士郎の言うことなんて聞きやしない。

晴真一人でも大変そうだった飛鳥の気持ちが、かなりわかる。

「いや、無理！　あり得ないから。そういうのが他力本願《たりきほんがん》って言うんだよ」

士郎は「何度言わせるんだ」と説教タイムに突入だ。

「そういや前も言ってたけど〝たりきほんがん〟ってなんだ？　優音は知ってるか？」

「知らない。どんな漢字で書くの？　それって四字熟語？」

「――!?」

だが、このとき士郎は、賢《かしこ》すぎて気づいてなかった。

〝他・力・本〟までは、すでに三年生までに習っている漢字だ。

だが、〝願〟だけは四年生でこれから習う漢字。それが四字熟語となったら、二人が知らなくても仕方がない。知るのはこれからだ。

「いくよ、エリザベス。もう、帰ろう」

「バウン」

何かいろいろ諦めたのか、いっそうこめかみが痛んできたのか。

もしくは、今になって〝相手に通じていない熟語を発していた自分〟に思うところがあったのか、士郎はエリザベスのリードを掴むとその場から立ち去った。

「えー！　いいじゃん。士郎！　俺たち親友だろう」

「士郎くん！　一緒にサッカーやろうよ！」

ノリではなく、本気で二人が追いかけてきたので、沈みゆく夕日に向かって、思い切り叫んだ。

「無理っっっ！」

――と。

第四章

ハッチ　―孵化《ふか》―

1

毎日同じようなことを繰り返す。日々淡々と繰り返す。

そんな日常生活が円滑に回り、守れていることが、実はとても幸せなんだと士郎《しろう》が痛感したのは、母親・蘭《らん》が他界したときだった。

〝蘭さん〟

原因はドライバーの脇見運転によるもので、百パーセント加害者側の過失。蘭が押していたベビーカーの中にいた七生《ななお》が無傷だったことが、唯一の救いだ。

だが、それはそれで、未だ諦めることなどできない事故であり母の死だ。

最愛の妻を突然奪われ、颯太郎《そうたろう》は茫然自失となった。

〝母さん〟

〝んまんま〟

寧《ひとし》は、何も知らずに甘えて喜ぶ七生を抱いて、失意の底に沈むのを必死で堪《こら》えた。

〝――嘘だろう〟

〝どうしてなんだよ！〟

充功《みつぐ》は怒り任せに叫ぶ。

双葉《ふたば》は愕然と膝を折り、

〝お母さんっっっ〟

〝母ちゃんっ〟

士郎は両手に樹季《いつき》と武蔵《むさし》を抱き寄せて、静観していた。

感情に関わる機能がなくなってしまったのか、まるで自身がビデオカメラにでもなったのかと思うほど、目に映ったもの、耳に聞こえてきたものを無言で記憶し続ける。

そして、それらをまとめて心の奥底にしまい込んだ。

できることなら、もう二度と見たくない。同じ悲劇は起こってほしくない。

そう、願いながら――。


（あ……。もしかして、これはやばいのかな？）

しかし、そこまで大きな事故や事件でなくとも、家庭内は一騒動。自分の周囲が一気に騒がしくなるのだと思い知ったのは、今月に入って立て続けに起こった二つのいざこざからだ。特に、昨日の自損――近距離からのシュートボールをこめかみで受ける!!――からだった。

「あーあ。結構派手に変色したな。昨日もかなり赤かったから、もしかしてとは思ったけど。完全に青紫になっちゃったね」

「士郎くん。痛そう」

「しっちゃ、ないよ」

翌朝、士郎が眠りから覚めると、武蔵を除く全員が起きて布団を囲んでいた。

寝顔をのぞき込んで、こめかみに残る痣《あざ》をチェックしていたようで、寧、樹季、七生は眉をハの字にして心配顔だ。

「赤ん坊の尻みたいだな。なんて言ったっけ、あれ」

「蒙古斑《もうこはん》のことか？　いくらなんでも、それは失礼だぞ。士郎の場合は顔なんだから」

充功は相変わらずだし、双葉も人ごとのような物言いだが、いつもなら士郎より遅くまで眠っている。

この二人が先に起きていることが、心配している証《あかし》だ。

「まあ、他に異常がなかったから、よかったけどね」

颯太郎にしても、普段なら朝食の支度に忙しいのに、ここに居た。

昨夜にしても、こめかみを赤くして帰ってきた士郎を見るなり、「とりあえず病院へ行こうか」と、夕飯の支度を中断して保険証を用意した。

士郎が「大丈夫だよ」と言って説明もしたが、ぶつかった場所がこめかみから左目にかかっていたこと、またここも立派に頭の一部だということから、颯太郎は「用心に越したことはないだろう」と笑い、士郎を病院へ連れて行った。

一見過保護とも思えるが、これこそが急がば回れ、安心に払う治療・検査料に無駄はなしということらしい。

むしろ、怪我の直後に自覚症状がないことに安心し、あとから異変が出たときのほうが何倍も怖いし、取り返しも難しい。

そして、これがどんなに士郎の自損であっても、実際ボールを蹴って当ててしまったという自覚のある子がいる限り、「ぶつかったけど、痣だけですんだ」「それ以上は何もなかった」と証明しておくのは、士郎のみならず相手の子のためだ。

と同時に、後日子供同士が「大丈夫だったよ」「よかったね」と安心して笑い合える状態を作るためなら、病院へ行って診《み》てもらう時間や支払いなど大したことではない。

実際、昨夜のうちにボールを蹴った子供の親からも、謝罪と士郎の様子を気遣う電話があった。

颯太郎が「打ち身だけです。何日かは痣になっているでしょうけど、それだけですから、大丈夫です。医者でもそう言われましたから」と報告したら、親子で安心していた。

そのあとに、「では、支払いはうちで」と申し出られて、「いやいや、それは」となって大変だったが、最後は「これは士郎の自損ですし、私自身の用心ですから」で収まりをみせた。

「それでは、今後も仲良くお願いします」で、気持ちよく終了だ。

だが、実際これで終わりではない。

それから晴真《はるま》や優音《はると》の母親から、部長の母親からまで電話が相次ぎ、颯太郎はそのたびに同じ説明を繰り返した。

士郎が申し訳ないぐらい手間をかけさせ、実際疲れさせたとも思う。

それでも颯太郎は、「ほらね。診てもらってよかっただろう」と、電話を切るたびに笑った。

親の立場からすれば、子供の失態《しったい》を謝罪したり、またそこから生じた不安を取り除くのは、自分の不安を取り除くのと同じこと。

逆を言えば、子供と一緒になって反省し、心配し、そして安心を求めて動ける親ばかりが揃っていてよかったね――と、誰より颯太郎が安堵していたほどだ。

こういったことが起こったときに何も知らない親、無視する親の存在が発覚するほうが、のちのち問題を拡大するからだ。

(気をつけなきゃ、本当に)

双眸を開くと共に、そっと頭を撫でながら笑った颯太郎や寧の手のぬくもりに、士郎は改めて自身に誓った。

（自分が怪我をしたり、友達に怪我をさせたりしないように——）

自分にとっては些細なことが、家族にとっては周囲をも巻き込む。

どんなに自分たちで解決したつもりになっていても、そうではないことに大反省が起こった。

そして——。

「行ってきまーす」

「いってらっしゃい」

「え!? どうしたんだよ、士郎。その顔は！」

「自業自得《じごうじとく》だ。突っ込まないでやってくれ」

なんてことはない朝の会話だが、士郎はここで充功なりの気遣いを見た。彼なりの優しさを感じた。

「あ、そうなのか。俺はまたてっきり、充功にやられたのかと——」

「しねぇよ！」

「だよなーっ。あっははは。早く治るといいな。せっかくの顔が……。けど、そうかー。士郎でも失敗するのか。親近感だな〜」

簡単なやりとりだが、これで変にねじ曲がった話が、中学校で広がることはない。

小学校に通う兄弟から話を聞いた誰かが、「そういえば士郎の顔にさ——」と言ったところで、「それは見ないふりをしてやることが一番の親切だぞ」と、彼らが日常会話の中で伝えてくれる。

少なくとも、充功が「士郎の怪我には触れないでくれ」と意思表示した。

それを尊重する者たちは、黙って見守るに徹してくれるということだ。

とはいえ――。

人の口に戸は立てられないとは、よく言ったものだった。

「どういうことなんだ。部活内でいじめだなんて、先生は悲しいぞ。ましてや部外者の士郎を巻き込んで、こんな怪我をさせるなんて！」

登校するなり士郎と優音、そして晴真と部長を始めとする数名のサッカー部員が校長室へ呼ばれた。

顔を見るなりまくし立てたのは、サッカー部顧問の円能寺《えんのうじ》だ。

室内には校長と高学年の学年主任、あとは新川《あらかわ》も同席している。

「円能寺先生。ですから、その話はもう解決しましたと何度も説明したじゃないですか」

「新川先生は黙っていてください。そもそも先生は、その場に居合わせたんですよね？どうして俺に知らせてくれなかったんですか！　俺はサッカー部の顧問なんですよ!?　優音と晴真の担任なんですよ!?　社会に必要なほうれんそう――報告、連絡、相談の基本はどこへ行ったんですか！」

新川が諌《いさ》めるも、円能寺は憤慨を露《あら》わにした。

新川自身は、士郎が晴真に「どうして優音くんのことといじめたの?」と、説明を求めたところへ通りかかったので、シュート練習そのものは見ていない。

その場で晴真が何を言うのか、まずは聞かなければ、いじめの経緯も理由もわからない状態だ。

そうなれば、現場を離れて円能寺を呼びに行くことより、その場で生徒たちを見守ることを選択する。何かそれ以上のもめ事に発展する前に、確実に止められる位置を守る。

それが誤った判断だとは思っていないが、円能寺には納得がいかないらしい。

士郎たちが呼ばれる前に、新川が一通り説明してもこの調子だ。

「ですから、それは……」

「子供たちだけで解決したって言うんでしょう⁉　本気ですか⁉　そんな甘いことを言っているから、気がついたらいじめが拡大。自ら命を落とすまで追い込まれる子供が出るんじゃないですか！　新川先生は暢気《のんき》すぎますよ。子供たちが可愛くないんですか！」

「――‼」

それでもこの言われ方には、我慢がならなかったのだろう。日頃から穏やかな新川が、一瞬顔色を変え、そして唇を噛んだ。

晴真や優音、部長たちにしても、俯くばかりで口を出せる状態ではない。

それを見て士郎も、グッと奥歯を噛みしめる。

「俺はサッカー部の顧問であると同時に、晴真や優音の担任です。この件に関しては、徹底的に追求します。それに、実際止めに入った士郎だって、こんな大怪我をしてるんですよ。たとえ小学生であっても、物事の善悪は知るべきです。いいや、人間を形成する上で、今が大事な時期だからこそ、心からの反省や友人関係の再構築が必要なんですよ！」

たまりかねた士郎が、一歩前へ出た。

「――あの。すみません。円能寺先生が言いたいことはわかりますし、とても生徒思いでありがたいです。けど、新川先生が言っていることにも、少しは耳を傾けていただけませんか？」

「何を言うんだ、士郎」

「できれば、僕の言うことにも耳を傾けてください。本当に、新川先生の言うことはすべて正しいです。昨日の件に関しては、子供同士も親同士も納得しましたし、すべて解決済みです。むしろこうして蒸し返されるのは、せっかく塞がった傷を開くようなもので――。場合によっては、余計な傷を増やすだけです」

特に声を荒らげることもなければ、怒鳴ることもない。

いつものように淡々と話し、まずは聞いほしいという姿勢で挑む。

「傷を増やすだ!?　優音は、本当のことが言えなくて、まだ傷を隠しているかもしれないんだぞ！　俺はそこを心配してるんだ」

「でしたら、優音くん本人の言葉も聞いてあげてください。せっかく丸く収まったのに、自分のことで晴真や先輩たちが責められたら、いやな気持ちになるじゃないですか。少なくとも、僕はもうなってます。これでまたみんなの仲がおかしくなったら、僕の当たり損です」

「これは損得の問題じゃないだろう。士郎がそんなことを言うなんて、先生は悲しいぞ」

しかし、話は聞いてはいるのだろうが、理解をしない円能寺。

何をどうしたら彼は納得がいくのか、士郎にも想像の範囲を超えてしまった。そろそろ青紫がかったこめかみが痛くなってくる。

もちろん外傷《がいしょう》のせいではない。いっこうに成立しない会話のためだ。

「なら、もう、いっそのこと思い切り悲しんでください。そもそも昨日の無茶な練習は、先生がちゃんとその場にいたら起こらなかったと思います。円能寺先生が新川先生に社会のほうれんそうを問うなら、僕は部活顧問の監督義務を問いたいです。あのとき先生は、いったいどこで何をしてたんですか!?」

これを言うのはどうかと思い堪えてきたが、士郎も面倒くさくなってきた。

相手の打撃までは考慮するのはやめて、攻撃に転じる。痛いところを突きまくる。

「せ、先生は……。先生にだって、急な用事はある。それに、今は昨日のことだけを言ってるんじゃない。もっと前から、二人の間で、いろんなことがあったんじゃないかと聞いてるんだ」

「でしたら、そこは円能寺先生自身が大丈夫だって言ったじゃないですか。今週の月曜の朝だって、僕が晴真に、あだ名はやめたほうがいいって注意したときも、〝そう心配しなくても、大丈夫だよ。こうは言っても、晴真は教室でも部活でも、ちゃんと優音の面倒を見てるんだから。なあ、優音〟って」

円能寺は自己保身に走っているのか、必死で言い返してきた。

だが、ここまで来たら相手が誰であろうと完膚《かんぷ》無きまでに叩き潰すのが、今となっては伝説のムニムニ使い・はにほへたろう——兎田《とだ》士郎だ。

先日、円能寺から言われた言葉を一言一句違えずに返す。

「だからそれは、そのときは先生だって晴真を信じてたから……」

「でしたら、今も信じてください。晴真！　今の優音くんは、晴真の何？」

ここぞと言うときに、仲間にパスを出す配慮《はいりよ》も忘れない。

「親友！」

「優音くんにとっての晴真は!?」

「親友！」

「じゃあ、サッカー部の先輩たちは!?」

「一緒に都大会優勝を目指してる仲間！」

「大好きな先輩たち！」

これだから、フィールドの中に立っていて、指示してくれるだけでもいいとまで言われてしまうのだ。

「——以上です。これでもまだご心配なら、父に電話して来てもらってください。昨夜の段階で、関係者の保護者全員と話をして、これからもよろしくお願いしますと言い合ってますから」

「……」

士郎はここでも完全勝利を収めた。

円能寺が口ごもる。

すると、ようやく意見を挟む隙を見つけたのか、校長が席を立った。

「そろそろ、いいんじゃないかね？　円能寺くん。子供たちもここまで言っているのだし、私も、誰かが何かをごまかしてるとは思えないよ」

「校長先生」

「私もですな」

「主任」

学年主任も同意したところで、士郎が改めて円能寺に対して深々と頭を下げる。

「円能寺先生。心配してくださって、信じてくださって、ありがとうございました」

「いや……。すまない。俺も、ムキになって――」

今現在、誰が一番の被害者かといえば、こめかみに青痣が残っている士郎だ。

その士郎にきっちり頭を下げられて、引き際《ぎわ》を誤るほど円能寺もわからない男ではない。

「新川先生もありがとうございました」

「ああ」

新川の顔にも、ようやく笑みが戻る。

「だからといって！　次から自分勝手な判断はやめてくださいよ、新川先生。先生の甘い判断なんて、見て見ぬふりと同じです。大切な子供たちに何かあってからでは、本当に遅いんですかね！」

「――わかりました。次からは気をつけます。どうも、すみませんでした」

円能寺の八つ当たりを食らうも、反論することなく頭を下げる。

新川も、これ以上長引かせたくなかったのだろう。

「さ、みんな。教室に戻れ。晴真、優音、行くぞ」

「はーい」

最後は生徒を呼びつけた円能寺本人によって、解散が言い渡された。

これには校長も学年主任も顔を見合わせて、微苦笑を浮かべるばかりだ。熱心なのもよし悪しだ。

「私たちも行こう」

「はい。新川先生」

「あ——そうだ、士郎くん。昨日の件で病院に行ったのであれば、スクール保険を申請できる。忙しいだろうが、お父さんに言って診断書と医療費の明細を用意してもらってくれるかな。これ、詳しいことは手紙を書いておいたから」

それでも肝心なことは忘れない。

学年主任が、颯太郎宛てに用意した封書を士郎に差し出した。

「はい。ありがとうございました」

お大事に——と、労《いたわ》りのある言葉も笑顔で添えられ、士郎は一気に気持ちが晴れた。


「ごめんなさい。先生。僕たちのせいで、すごく怒られて——」

校長室から教室へ移動する中、士郎は新川に謝罪をした。

「気にしなくていいよ。円能寺先生としては、今朝まで自分だけが知らなかったことが、腹立たしかったんだよ。サッカー部の顧問は自分なのに、優音くんと晴真くんの担任は自分なのにってところで、余計に感情的になってしまっただけだと思うから」

廊下の窓から差し込む明かりを受けて、新川が微笑む。

「――でも、その肝心な顧問で担任の先生が現場に居ないし、日頃から人の話を聞かないからこうなったのもあるのに……」

「そこは、ほら。円能寺先生も言ってただろう。晴真くんを信じてたから――って」

「はい」

日頃から控えめで穏やかな新川だが、今朝ばかりは「やばい、切れる！」と、士郎も感じた。さすがに怒鳴るか何かするかと身構えた。

だが、結果としてそれはなかった。士郎が前へ出たタイミングもよかったのだろうが、一番の理由は新川自身の性格だ。

こうして一段落した今でも相手を気遣い、生徒の前で陰口は言わない。

円能寺を庇っているというよりは、士郎にこれ以上いやな話は聞かせたくない。子供と一緒になって、陰で誰かを悪く言うことが嫌いなのが、その表情や言葉の端々《はしばし》から伝わってくるからだ。

「その痣……。早く消えるといいね。先生もあと少し早く様子を見に行ってたら、士郎くんの飛び出しを防《ふせ》げたかもしれない。そこは反省してるよ。ごめんね」

「それこそタイミングです。僕だってエリザベスに導かれなければ……」

すっかり気分もよくなったところで、士郎がハッとした。

「エリザベス？」

「あ！　そうだ。僕が校内に動物を、大型犬を連れ込んでいた校則違反は、バレてないんですか？」

誰も何も言わなかったので、すっかり忘れていたが、エリザベスのことは円能寺の耳には入らなかったのだろうか？

「そう言われたら——。誰も気にしてないから、大丈夫だと思うよ。先生も、今言われるまで考えつかなかったよ。エリザベスの存在とか、士郎くんの校則違反なんて」

どうやらその場に馴染《なじ》みすぎていて、誰一人気にならなかったらしい。

それどころではなかったと言えばそれきりだが、晴真がさも当然のようにエリザベスにしがみついて、ワンワンやっていたのも要因かもしれない。

「では、どうか内緒で」

「了解」

いずれにしても、こちらの件で蒸し返されることはなさそうだ。

士郎は新川と共に笑顔で教室に戻った。

そんな士郎の様子を見て、またクラスメイトたちも安堵したのか、笑みを浮かべた。

午後の授業を終えれば、ゴールデンウイークに突入だ。

誰もがそれぐらいの気持ちで、給食を食べ終えたときだった。

「円能寺先生！　待ってください、円能寺先生」

廊下から何事かと思うような声が近づいてきた。

円能寺を呼んでいるのは校長のようだ。

「士郎！　士郎!!　やったぞ、士郎！」

「——!?」

そして、その校長に呼び止められるほどの勢いで士郎を名指しにしてきたのが、円能寺だ。

「おめでとう！　この前の招待で受けた進学塾の試験、全国小学生高学年の部で満点トップだ！　今、主催者側から学校に連絡があったぞ」

「……はい。ありがとうございます」

ちょうど食器を片付け終えたところだったことから、士郎は教壇近くでまくし立てられた。

これには、食後のデザートプリンを食べていた新川も、呆気《あっけ》にとられている。

「褒美もすごいよな。ゴールデンウイーク後半、五月三日から三泊四日で特別受験対策合宿への招待だ。今回、試験を受けた全国の高校生の部、中学生の部、あとは小学生高学年の部から各十名——成績優秀者三十名のみだ。名誉なんてものじゃないぞ。毎年この招待を受けた生徒の八割が難関中学、難関高校、東大、京大に合格すると言われている。本当に、すごい合宿だ！　よかったな!!」

感極まった円能寺の説明に、教室内がざわめき始めた。

あまりの騒ぎだったためか、両隣の一組、三組からも野次馬根性の生徒が廊下に飛び出してくる。

校長が戻るように指示するも、聞くどころではない。

窓や出入り口からのぞきにくる生徒も続出だ。

当然、晴真や優音は一番乗りで、晴真など食べかけのコッペパンを手にしたままだ。

「——えっと。喜んでいただいて恐縮ですが、一週間前にいきなり言われても無理です。その日は予定が入ってますし、辞退するしかないんですけど」

しかし、この盛り上がりの中で士郎がポカンとしつつも言い放ったものだから、円能寺のみならず周囲も騒然とした。

「辞退だと!?　何を言ってるんだ、士郎。成績優秀者に特別合宿が用意してあることは、試験の申し込み案内にも書いてあっただろう。仮に、急だとしても予定なんかキャンセルしろ。難関校の合格率八割だぞ！　誰もが行きたいと思って行ける合宿じゃないんだ。今招待されて参加したって実績だけでも、今後の内申書に箔《はく》が付くぐらい権威のある合宿に最年少で参加できるんだ。これこそお金じゃ買えない実績だし、貴重な体験だぞ」

「それは、すみません。とりあえず前年度までの成績から、タダでいいから受けてほしいって言われて参加しただけなんで、他のことは気にしてませんでした。なので、予定を変えるつもりもありません。そもそも僕の予定というよりは、家族全員の予定ですし」

信じられない、あり得ないという勢いの円能寺だが、士郎としてはこれしか返しようがなかった。

「それなら家族のほうに予定を変えてもらえ」

「そういう訳にはいきません。母のお墓参りがあるので」

「お墓は逃げたりしないだろう。お母さんだって、こんな名誉な合宿に選ばれたと知ったら、必ず天国で喜ぶはずだ」

ただ、ノリや勢いであっても、この言葉にはカチンときた。

士郎が激情を抑えるように、眼鏡のブリッジに手をかける。

「仮に母が喜んだとしても、僕が嬉しくありません。僕は予定どおり、家族と過ごしたいし、お墓参りにも行きたいので」

「士郎！　言ってることの意味がわかってるのか？　本当にすごいことなんだぞ。士郎自身だけでなく、学校にとっても名誉なんだぞ」

「それは——。一部の人の価値観ではそうかもしれませんけど、僕にはどうでもいい話です。あと、全国の高校生、中学生、小学生から事実上のトップ十名ずつを選んで合宿をするなら、その後に参加者の八割が難関校や東大、京大に合格するのは当然です。別に合宿に参加しなくても受かるだけの力があった人達でしょうし、むしろ残りの二割の人はどこへ行ったんだろうということのほうが気になります。もしかしたら、僕みたいな考えの人達なのかもしれませんけど」

「士郎」

担任でもない円能寺が自分の事のように喜んでくれるのは、有り難いことなのかもしれない。

だが、それもいきすぎれば、ありがた迷惑だ。

士郎としてはこれ以上個人的なことにまで踏み込んでほしくない。

ましてや、何が楽しくてゴールデンウイークの半分を削って、受験対策の合宿に参加しなければならないのだ。

これまで一度として、「中学受験をする」などと言ったこともないのに――。

「円能寺先生。もう、いいでしょう」

今朝以上に憤慨している士郎を横目に、新川も席を立った。

「新川先生からも言ってください。こんなチャンスは二度とないかもしれないんだ」

「大丈夫ですよ。現段階で士郎くんが最年少で選ばれたんだとしたら、これからだってチャンスはあります。本人がその気になれば、今後も全国模試を受ければいいことですし。高校三年までの猶予《ゆうよ》としても、あと八年もあるじゃないですか」

「相手の印象が悪くなったら、選ばれないかもしれない。俺は士郎のために、士郎の将来のために言ってるんですよ！」

円能寺の声が、ひときわ教室内に響き渡る。

一瞬にして新川の目つきが変わった。

「本気でおっしゃってるんですか？　母親の供養《くよう》が理由の辞退ですよ。これで印象を悪くするような学習機関なら、こちらから願い下げじゃないですか」

「なんだと、年下の分際《ぶんざい》で」

「先生方！　もう、そこまでに。円能寺先生の熱心ぶりもわかりますが、新川先生の言うのももっともです。一番大切なのは、本人の意思ですよ」

校長が集まった子供たちをかき分けて、止めに入る。

「士郎が高校生なら自身の意思を尊重すべきでしょうね。しかし、小学生です。大人がいい方向へ、教師が適切な方向へ導かなくてどうするんですか」

何がどうしたら、ここまで猛進できるのか!?

校長の言葉さえ聞かない円能寺に、とうとう士郎が笑顔で叫んだ。

「わかりました！　それでは来年か再来年また頑張ります。円能寺先生がそこまで言うなら、きっとすごい合宿なのでしょうし。先生が担任のときに参加するほうが、僕もやる気が出そうなので、今から勉強して次の全国模試とご褒美合宿参加に備えます！」

「——っ、本当か⁉」

「はい！」

馬鹿馬鹿しいほど明るい口調で、嘘も方便《ほうべん》を炸裂だ。

これでこの場が治まるなら安いものだが、かといってこれで簡単に治まってしまうのも何か問題を感じる。

「ほら見ろ。士郎はちゃんとわかってるんですよ、新川先生。誰が一番生徒のことを思っているか。そして、泣く泣くでも心を鬼にしているかをね！　それじゃあ、士郎。期待してるからな！　これからも勉強頑張れよ」

「はいっ‼」

しかし、円能寺は士郎が感じた問題をひときわ大きくしながら、笑顔で納得した。

意気揚々と教室を去っていく。

「はーっ」

完全に円能寺の姿が消えると、士郎はわざとらしいほど大きな溜息をついた。

（よもやここへきて〝荒野のセフィー〟を超えてくるなんて——）

福原《ふくはら》のように、「バトルが終わったら、さようなら」という相手でもないだけに、逆に面倒くさくて心労がかさみそうだ。

今ほど究極奥義、セブンズアタックを食《く》らわしてやりたいと思ったことはない。

もしくは、逃げ狼《ろう》を発動だ。

「ごめんね、士郎くん。先生がうまく言えなくて」

すっかり顔つきが悪くなり、青痣に血管が浮き出そうになっている士郎の背中を、新川がさする。

「いえ、先生が謝らないでください。かえってすみませんでした」

それを見たクラスメイトの数名が、まだ手を付けていなかったデザートプリンを無言で士郎に差し出してくる。

晴真も食べかけのコッペパンを出してきて、これには士郎も冷静になった。

「ありがとう。でも、いいよ。気持ちだけもらっておくよ。うん」

生まれてこの方十年足らずだが、同級生から「これで落ち着いて」と食べ物を出されたことは初めてだ。

普通に怒ってもざわざわしただろうに、やはり顔の青痣が威力を増して見せたらしい。

「校長先生も、すみませんでした」

「いやいや、確かに快挙《かいきょ》は快挙だからね。円能寺先生も後先を考える前にテンションが上がってしまったのでしょう」

それでも新川と校長のやりとりで、この場もどうにか収まりを見せた。

クラスメイトや、晴真や優音たちもホッとしている。

「でも、校長先生」

「ん？　なんだい士郎くん」

「僕としては合宿とか面倒くさいんで、卒業するまで円能寺先生以外の担任でお願いしたいんですけど」

「――こら！」

士郎から本音が漏れ、新川に「それは言っちゃ駄目だろう」と突っ込まれたところで、笑いも起こる。

「そこは私の権限外なんでね」

唯一笑うに笑えなかったのは、お願いされた校長だけだった。

2

ゴールデンウイークとはいえ、職種によっては仕事三昧《ざんまい》。学生ともなればカレンダー通りが世の常だ。

国が〝ゆとり教育〟を打ち立てた前後より、幼稚園や学校側からも〝家庭内行事優先で子供を休ませる場合は、遠慮をしないでください〟といった話もされるようになったが、兎田家ではもっぱら通常運転だ。

寧や双葉が家に居るなら、颯太郎は家事と子守を彼らに任せて執筆に集中し、むしろこういった連休に仕事を詰め込み、日頃の学校行事やご近所付き合いの時間を捻出《ねんしゅつ》する。

そのため今回の連休では、土・日・月の三連休は寧を中心に、兄弟揃って部屋の片付け・大掃除を決行。食事も朝から晩の一度はホットプレートメニューで、焼き肉大会や焼きそば大会、ホットケーキパーティーが開催される。

一家だけで八人もいるので、いつもとちょっと違ったことをするだけで企画的になるのが醍醐味《だいごみ》だ。

普通なら「せっかく休みなのに、大掃除!?」「遊びに行かないの？　えー」となるだろうが、そこは生まれたときからのブラコンパワーが爆裂、作用する。

寧が満面の笑みで、「すごいね」「偉《えら》いね」「上手だね」を連呼《れんこ》してくれるので、士郎以下ちびっ子たちは気分よく片付け。双葉と充功に関しては「本当に助かるよ」「二人が居てよかった」「いなかったらどうなることか」と誉め殺されて、「兄さんは少し休みなよ」「寧が居るとサボれねぇから昼寝してろよ」と言いつつ、せっせと動く。

何をするにしても、兎田家は円滑《えんかつ》だ。

家族の基本に「褒める」「譲る」「素直に喜ぶ」「感謝する」という颯太郎の精神が宿っているのだが、それが寧の天然パワーで倍増されているからだ。

「ひっちゃ。なっちゃ。ムーのー」

「偉いね、七生！　ムニムニのぬいぐるみを片付けたんだ。今日のおやつは、ご褒美にホットケーキを焼こうね」

「やっちゃー」

——だからそれはすでに予定内だが、ちびっ子たちには関係ない。

寧が全力で誉めてハグしてくれることが一番のご褒美で、ドーパミンが大分泌《だいぶんぴつ》だ。

特別な装置などなくても、寧がいれば家内はマイナスイオンに満ち溢れ、じわじわと幸せホルモン・オキシトシンも分泌するので、季節外《はず》れの大掃除も苦《く》ではない。

何か、ゆるゆるとした罠か、ふわふわとした麻薬的なものに囚われている感じもするが、これが兎田家の通常。仏壇もいつも以上に丁寧に掃除され、遺影の中の蘭もとびきりの笑顔だ。

そして、再び金・土・日・月の四連休を目指して、士郎たちも火曜日には学校へ行った。

「こうして考えると、新川先生たちも連休がぶつ切りで大変ですよね」

「そんなことはないよ。でも、そう言ってもらえるとやっぱり嬉しいね。ありがとう、士郎くん」

何事もなく授業を終えて、帰宅後は率先してエリザベスの散歩だ。

士郎は、三連休の間に改良したワンワン翻訳機を手に隣家へ直行した。

「では、いってきます」

「いつも悪いわね。士郎ちゃん」

実子がいないこともあり、我が子、我が孫同然で可愛がってくれる隣家の老夫婦・亀山《かめやま》一《はじめ》と花《はな》のことは、士郎も家族も大好きだ。

颯太郎が忙しいと聞けば大喜びでちびっ子たちを預かり、遊戯《ゆうぎ》におやつの準備と常に余念がない

「いいえ。こちらこそ、家族揃ってお世話になっているので、エリザベスの散歩ぐらいは。今だって樹季や武蔵、七生が遊ばせてもらってますし」

「うちはいつでも大歓迎よ。みんな可愛いんですもの。ね、七生くん」

「ふっへへ。うんまよー」

先に帰宅していた樹季と武蔵は、おじいちゃんから五目並べを教えてもらっている。

七生もおやつをもらってご機嫌だ。

「じゃあ、ちょっと行ってきます」

「いってらっしゃーい」

士郎も安心してエリザベスと散歩に出かけた。

「ちょっとごめんね。エリザベス。これ、付けさせて」

隣家の扉が閉まると、早速ワンワン翻訳機をスイッチオン。

受信機をエリザベスの首輪に付けて、自分は翻訳機を片手に歩き始めた。

「——ねえ、エリザベス。エリザベスは人間の言葉がわかってるよね」

あれから分解、改造した翻訳機の現在は、基礎データ収集がメインで、エリザベスの感情が翻訳されるわけではない。

士郎が話しかけたときに、エリザベスがどんな顔と仕草で喉を震わせるのか。その喉の震えや鳴き声のみを拾って、反応ごとに番号を付けて振り分けていくものだ。

最初の反応を1と表示したら、それと違う反応を確認するごとに、2・3・4と番号表示がされていく。前と同じ反応ならば、同じ番号が表示されるという仕組みだ。

そして、その番号がどんな感情や意思を示しているのかは、士郎自身がエリザベスの顔や仕草といった様子を見て、喜怒哀楽やイエスノーを判断していく。

しばらくこうしたデータを取り続け、最終的にはエリザベス専用の翻訳機を完成させる。

そのときはイヤホンとマイクでやりとりができ、お互いが側に居なくても意思の疎通が可能になる——遠隔操作ができることが理想の形だ。

「犬同士も実は、吠え合うことで会話してるよね」

士郎は散歩がてら、独り言のように話しかける。

受信機はエリザベスの喉元から発せられる反応も細やかな読み取り、1、2と表示されていく。

「友達はポメ太だけじゃなく、町内にもっとたくさんいるよね」

士郎は先日の件を自分なりに思い返して、エリザベスの反応を見続けた。

おそらくあのときエリザベスは、ポメ太の遠吠えか近所の犬から犬への伝達で、優音がいやいや部活へ行ったことを知った。

優音は否定するだろうが、ポメ太には喜んでサッカーをしに行くようには見えなかった。晴真とも仲がいいようには思えなくて、それを心配して家で鳴いていたのだろう。

そして、それを聞きつけたエリザベスが、まずは士郎を誘導して、ポメ太のところへ向かった。

その後はポメ太から直接話を聞き、士郎を学校へ、優音のところへ誘導して、いじめの早期解決に当たらせた。

普通に考えるとフィクションでファンタジーだが、士郎はたったひとつの条件を満たせばあり得ることだ、ノンフィクションだと確信していた。

「それって秘密？　人間にバレると都合が悪い？」

そもそも犬の五感の中でも聴覚は、嗅覚に次いで発達している。

可聴域《かちょういき》は人間の約二十から二万ヘルツに対して、犬は約十五～六万ヘルツ。人間の何倍もの広範囲で音を拾い、特に高音域では人が聞き取れないような周波も聞き取り、常に危機管理に備えている。

狩猟犬なら一山越えた先の音でも拾うと言われているし、それに比べたら士郎の家から学校までは、せいぜい二キロだ。

その間にポメ太のいる優音の家があることを考えれば、十分に聴取・伝達は可能だろう。

ただ、だからといって、犬が感じた飼い主の危機を他人に伝えるには、よほどの資質に特殊な訓練がいる。

単なる甘えやわがままではなく、何かしらの目的を持って人間を動かそうとなれば、これはもう警察犬を超える自我の発達と思考力も必要なはずだ。

これらを踏まえ、エリザベスが意図して士郎を誘導したとなれば、これはもうたったひとつの条件をエリザベスがクリアしたとしか思えない。

エリザベスが特別賢いスーパードッグだった!!

これだけだ。

あとは、この現実をいかに受け入れ、対応するのかは、人間側の問題だ。

「ねえ、エリザベス。もしかして、近所の犬同士にも連絡網《もう》ってある？　遠吠えって実は、近所話？　少なくとも僕の言ってること、わかってるよね？」

士郎は、熱心に話しかける。

しかし、しばらく同じ数字が続き、エリザベスのちょっと困った顔や、気乗りのしない尾っぽの揺れ具合を総合してみると、この話題は好ましくないと読み取れる。

「――まあ、それもそうか。映画や漫画でもよくあるけど、犬や猫が人の話を理解したり、会話してるなんて知ったら、喜ぶ人といやがる人が必ず居る。残念だけど、なんでもかんでも受け入れられるのが人間じゃない。それに、どんなことでも利用しようって人間も常にいるわけだし、犬や猫が人と的確なコミュニケーションを取れたら悪用する輩《やから》も現れるもんね」

同意しているのか、数字が増えて変わった。

士郎はわくわくするのを隠して、更に話を続ける。

「もしかしたら僕だって、エリザベスからしたら俺たちのコミュニケーションに入ってくるな。好奇心だけで探ってくるなって思われてるかもしれないしね」

少し気落ちしてみせると、また数字が増えて変わる。

「え？　さすがにそれはない？　ノーコメント⁉」

かなりパターンがわかってきた。思わず士郎がニヤリと笑う。

すると、エリザベスがそれを見て、また数字が増えて変わった。

どうやら、しまった――と思っているらしい。

結局自分は士郎に乗せられている、気持ちを読まれているじゃないか!!

——そんな感じだ。

「まあいいか」

士郎のほうが笑ってごまかすも、エリザベスはチラチラとこちらを窺ってくる。

こうしたデータの蓄積で、近い将来エリザベスと話ができたらどんなに嬉しいだろう。

想像しただけで、士郎も楽しくなってくる。

これで自分も七生に近づける。

〝えったん。ねー〟

〝バウバウ〟

あのコンビ域まで追いつくのは難しそうだが、それに多少でも近づければ——と。

「——クオン!」

しかし、そろそろ学校に近くなってきたときだった。

翻訳機に表示された新たな数字と共に、エリザベスの顔つきが変わった。士郎が持つリードまで引っ張った。

(これは!?)

何かと思い、エリザベスの視線を追った。数十メートルほど先に目を凝《こ》らす。

「ん？　新川先生と円能寺先生、今帰り？」

校門を出たところで話をしているが、円能寺の様子が荒っぽい。

「もめてる……？」

すぐに円能寺がプイと顔を背けて、足早に歩き出した。

「終わった？」

新川はその後ろ姿を見送りながら、じっとしていた。

士郎はエリザベスに誘導されるように近づいていく。

「――え？」

新川が眉をつり上げ、クッと唇を噛みしめた。

士郎がはっきりとその顔を見たときには、新川が動き出す。バス停へ向かった円能寺のあとを追い、彼の自宅があるほうからはどんどん離れていく。

「先生!?」

咄嗟に士郎が追いかけた先にあるのは、バス停付近の横断歩道。

ちょうど信号が赤に変わり、円能寺は立ち止まると同時に、羽織っていた上着のポケットからワイヤレスイヤホンを取り出した。

それを耳に装着すると、今度はスマートフォンを出していじり始める。音楽でも聴き始めたのだろう。

しかし、その背後に新川が無言で近づいていく。

「駄目だ、エリザベス！　新川先生を止めて!!」

士郎がエリザベスと共に走るも、間に合わないと察してリードを放す。

「バウ！」

一瞬にしてトップスピードまで加速したエリザベスが、飛びかかるようにして新川の前方に回り込んだ。

「っ!?」

驚いた新川が、足を止めて後ずさる。

先の信号は青に変わり、円能寺は新川やエリザベスの存在に気づくこともなく、横断歩道を渡っていく。

「先生！」

数秒遅れで追いついた士郎が、新川の腕を両手で掴む。

「士郎……くん」

エリザベスに前を塞がれたこと以上に、新川は士郎の顔を見て驚いている。

ようやく痣が薄れ始めた士郎の顔が引きつり、真っ青になっていたからだ。

「今、何しようとしたのかわかってますか？」

「……なんのことだい？」

強く、きつく腕を掴む士郎に、かなり戸惑っている。

「円能寺先生を、車が行き交う道路へ突き飛ばそうとしました」

「何を言い出すんだ、急に。そんなはずな……」

「あるんです！　たった今、先生は優音に芽生えた憎しみを覗かせたときの晴真と同じ顔をしました。もっとはっきり言うなら、母を死なせた加害者に対して向けた、父の顔に近かった。きっと僕も兄弟も全員が浮かべたと思う。ぶつけるにぶつけられない、そういう行き場のない憎悪に満ちた表情を浮かべたんです！」

「――」

そんな馬鹿な、何の冗談だと言いたげな新川の顔が凍り付く。

「本当に……。本当に一瞬だけど……、だから！」

それでも必死に、士郎が掴んだ腕を揺さぶり続ける。

すると、新川は幾度か瞬きをしてから溜息をつく。

「――ごめん。そんなすごい具体例を出されたら、否定できないね」

強張った表情が解けるも、見る間に絶望的なものに変わっていく。

「でも、そうか。もう――。限界を超えたのか。僕は教師失格だな。いや、人として、終わってる」

絞り出される声が震えていた。

その場で新川がガックリと膝を折る。

「先生っ！」

士郎は一瞬たりとも掴んだ腕を放さなかった。

そして、エリザベスもまた新川の側に身を寄せて――、

「クォン……」

彼を慰めるように鼻っ面《つら》をこすりつけて、どこかもの悲しそうに鳴いた。


新川が一人で暮らしている平屋造りの借家は、学校から徒歩でも行き来ができる距離の隣町にあった。

学校を真ん中にして、士郎の家とは真逆に一キロ程度歩いたところだ。

士郎は、その場から新川の家のほうが近かったこともあり、エリザベスと共に送ることにした。

本当なら自宅に連れて帰りたかったが、憔悴《しょうすい》していた新川を引っ張りながら二キロを歩くのは、エリザベスがいても難しい。

少しでも早く新川の気持ちを落ち着けたい。そのためにも近いほうへ身を寄せるほうがよいと判断したからだ。

（――え？）

しかし、そもそもこの地域一帯は、野山の一部を整地して作られた新興住宅地も多いだけに、その名残もかなり残っていた。

士郎の家の裏側のほうにも、小高い丘のような通称〝裏山〟が残っているし、新川の自宅は裏山と同じぐらいの高さの丘の上にあった。

聞けば、もとの住民が年を取り、家から出て戻るのが苦痛になってきたことから、激安で借家に出したような立地条件だ。

玄関前に立つのに、まずは七階分はあろうかという外階段を上がっていかなければ到達できない。なかなか過酷な住宅地だ。

これにはいい意味で、新川も我《われ》に返った。

体力なしの士郎からしたら、軽い登山をしている気分になり息が上がってゼーハー。

無邪気にはしゃいで登っていたのは、山岳救助犬の遺伝子が騒いだらしいエリザベスだけだ。

「はーっはーっはーっ」

「バウバウ〜」

こうなると、新川の家に到着した士郎の脳裏には、「しまった」「すぐには帰れない」と後悔しかよぎらない。

途中で引き返せる状況、事情ではなかったとはいえ、体力的に「じゃあ僕はこれで」と引き返せる体力がまるで残っていなかったのだ。

「ごめんね。こんなことになってしまって。とにかく一度上がって。エリザベスも……」

結局、士郎はエリザベス共々《ともども》、新川の家に招かれた。

お菓子やジュース、水を出してもらって、ついでに自宅へも「出先でばったり。話が弾《はず》んで、新川先生の家に寄っているから」と、連絡も入れてから一休み。

和室に置かれたローテーブルに、改めて新川と向き合うことになる。

「ありがとうございます。かえってお手数をおかけしてすみません」

「そんな……。僕のほうこそ迷惑をかけてしまって、ごめんね」

「いえ、迷惑だなんて。それにしても、どうして……。あ、すみません。余計な詮索《せんさく》でした」

士郎は話の流れから事情を聞こうとしてしまい、咄嗟に思い止まった。

さすがに新川は大人で教師で、晴真とは立場も士郎との関係も違う。

「ううん。謝らないで。あんなことをしかけたんだから、理由があるなら知りたいよね。ましてや士郎くんのは好奇心じゃない。僕に対しての心配からだろうし――」

ただ、聞かれた新川のほうは、説明するかどうか迷っていた。

士郎の頭脳、思考、理解力が大人顔負けなのは、新川も十分わかっている。話の通じない大人に比べたら、むしろ士郎のほうが通じるぐらいだ。

しかし、それでも新川にとって士郎は、生徒でまだ子供だ。できることなら士郎自身に不要なことは言いたくないだろうし、それが悪いことなら意図して聞かせたくない。

その一方で、こうして士郎を部屋に招いて向き合ったところで、新川自身にもすべてを吐露《とろ》してしまいたい、はき出してしまいたい感情が生じている。

誰もが一つは抱えているであろうモンスター化の要素――モンスターエッグ。

それが割れて壊れるどころか、孵化して育った姿を見られてしまったのだから、言い訳になってでも経緯ぐらいははき出したい。

そう感じても、不思議はない。

新川は、自分の前に置いたコーヒーカップを握りしめた。

「実は……」

意を決したように胸の内を明かす。

そして、士郎が思ってもみなかった幼い頃の話、円能寺との関係を話し始めたのだ。

「――同級生？　でも、新川先生のほうが円能寺先生より三つ下ですよね？」

「教職歴はね。けど、出身地は同じだし、小学校でも五、六年は同じクラスだったよ。向こうは忘れているというか、まったく記憶にも残っていないんだろうけど――」

職歴以前に、新川のほうが若く見えることもあり、士郎は二人が同い年だったことにまずは驚いた。

「まあ、僕も昔は太っていたし、両親の離婚で名字も変わってる。途中で転校もした。相手が一目でわかるような年の取り方もしてないから、わからなくても仕方がない。僕からこのことを彼に言ったこともないし、言うつもりもない。ここへ来て〝始めまして〟でも、しょうがないと思う。職歴で後輩扱いされても、そこはね」

しかし、今一度自分を押し殺し、噴出した憎悪を自身の中へ戻そうとしている新川が、どうして円能寺に対して殺意とも取れる行動を起こしたのか？

その理由を話の流れから察するには、士郎もさほど驚かなかった。

「ただ、どんなに僕のことを忘れていても、彼が意図して他人の心を傷つけ、痛めつけた。いっときとはいえ仲間を煽り、僕の人格を否定し、家庭を歪《ゆが》めるまで追い込んだ。そんな自身の行いを忘れていることだけは許せなかった。もしかしたら、気持ちのどこかで悔《く》いていて。それで今、生徒に対して一生懸命なのかと、いいようにも考えてきたが……無駄だった」

原因は同級生時代に受けたであろう、いじめだ。

それもいじめた円能寺には記憶が無く、すっかり忘れているであろう罪悪感のかけらさえ残っていない悪行《あくぎょう》だ。

やった側は覚えていなくても、やられた側は一生忘れない。

時が経てば立つほど根が深くなっていく、苦しくも重い感情だ。

「けど、この二年間ずっと近くで見てきたけど、彼の根底は何も変わっていなかった。それがどんどん明白になってきて――」

それでも新川は、過去にどんないじめを受けたのか、具体的なことは口にしなかった。士郎には聞かせたくない、聞かせられない内容だったのか、それとも本人が一生口にしたくない内容だったのかはわからない。

ただ、円能寺を庇うためではないことは、士郎にも伝わった。

なぜなら新川は、どうしてここまで自分の気持ちが抑えられなくなったのか、その引き金《がね》となった事柄がなんだったのかだけは、士郎にはっきりと明かしてくれたからだ。

〝――それではよろしくお願いします〟

〝円能寺先生？　今の電話は〟

さきほど円能寺が新川に憤《いきどお》っていたのは、一本の電話が原因だった。

〝業者に頭を下げて、士郎の合宿日程を変えてもらったんですよ。父親に連絡をしても、本人任せだと言って話にならない。難関校への進学の重要さを説いても、そこも子供次第だと無関心。だから俺が、ゴールデンウイーク明けに期間が短くてもいいから、どうにか体験合宿ができないかと直談判したんです。そしたら向こうも、一泊二日ならどうにかと、都合を付けてくれたんです。本当によかったですよ〟

円能寺は悪びれた様子もなく、むしろ笑って新川に報告をした。

その態度も行動も、新川には信じられるものではなく、また許せるものでもなかった。

〝どうしてそんな勝手なことを！　本人はいやがっていたし、それでも円能寺先生がそこまで言うなら、来年再来年に頑張るとも言ってたじゃないですか!!　親御《おやご》さんだって、それを理解しているから、本人に任せていると言ったんでしょう!?〟

しかし、ここで怒気を露わにした新川に対し、円能寺は強固な態度に出た。

〝子供なんてすぐに気が変わるし、そもそも士郎のお父さんは大学も出ていない。お兄さんだって高卒で働いているし、大学の価値や必要性がわからない家庭なんですよ。それに士郎だって、これまで成績がよかったから、来年以降もいいなんて保証はどこにもない。神童《しんどう》、大人になったらただの人なんて言いますが、実際一年二年でがらりと変わる子なんて山ほどいます。だから今が一番大事なんです〟

この期に及んで、勝手な持論を展開し、新川の怒りを倍増していった。

それでもまだ、この時点では全力で我慢していたと思う。

無理矢理にでも、円能寺が士郎のことを思い、考えた末の暴走だと信じようとした。

彼に悪気はない。ただ、正義感が行きすぎて空回りしているだけだと。

〝まあ、新川先生はわからないことかと思いますが。優秀な教え子に恩師として慕われ、感謝されるためには、まずは自分が優秀でないとね〟

〝――――〟

ただ、円能寺から「自分が」という言葉が発せられた瞬間、新川の中で何かが切れた。

彼にとって、すべての行いの根底にあるのは、自分自身だ。

士郎のためと言いながら、最終的に自分が感謝されることしか考えていない。

親切どころか、自己満足の押し売りだ。

自分が得たい快感のために、生徒を踏み台にしているにすぎない。

そうして、ひとつの衝動が起こった。

「結局彼は、自分がよければそれでいい。自分が常に正論で正義だ。自分が評価されることには力を注ぐし、それが少しでも狂えば相手が悪いと決めつけて、思い通りにしようとする。他人の考えや価値観なんか、どうでもよくて。自分が愉しい、嬉しい、悦《えつ》に浸れることが何に対しても最優先だ。あの頃と――、小学生の頃とまったく変わってない!!」

新川が手にしたコーヒーカップを、感情のままテーブルに置いた。

思いがけず響いた大きな音にエリザベスがハッとし、新川本人もハッとする。

「だから、先生は充功の存在が羨ましかったんですね」

士郎は慣れた手つきで、側にあったテーブル布巾《ふきん》を手に取った。

新川のコーヒーカップから溢れたそれを、手際《てぎわ》よく拭いていく。

「充功くん？」

「先生は一人っ子だから、ずっと一人で戦っていたんでしょう？」

士郎の脳裏には切なそうに、そして羨ましそうに笑っていた新川の姿が、くっきりと思い浮かんでいた。

今にして思えば、どんな気持ちで見ていたのだろうか？

生まれたときから四男の士郎には、想像ができない。

三人の弟まで居る七人兄弟の自分では、想像することさえ憚《はばか》られる。

「そうだね。士郎くんたちの兄弟仲が微笑ましいのもあったけど、強いお兄ちゃんの存在は憧れだったし、無い物ねだりもあったかな」

新川は、テーブルを綺麗にした士郎に会釈で感謝を示しながら、士郎のグラスに新しいジュースを注ぎ足した。

「ただ、一人でちゃんと戦ってたら、こんな大人になってまで、恨み辛《つら》みを抱えてないよ。当時の僕は逃げた。一年は我慢したけど、二年目には我慢ができなくなって、六年生の秋には家に閉じこもった。最初は仮病《けびょう》も使ったし、それが言い訳にならなくなっても、学校へは行かなくなった」

これまでよりは口調も軽く、その顔には少し笑みも浮かんでいた。

だが、それでも今の気持ちを持て余《あま》していることが、士郎には伝わってくる。

「母はそれでもいいと言った。家は逃げ場だ。世界でたった一つの、安心して逃げ込める場所なんだから、気持ちが落ち着くまで学校なんて休めばいいって笑った。自分だってそういうときがあったから、気持ちはわかるって――」

新川の母親の言葉に救われる。

話を聞いているだけの士郎でも救いになるのだから、新川自身にとってはどれほど心強い味方だったのだろう。

しかし、一度は微笑を浮かべた新川だったが、すぐに険《けわ》しいものになる。

「けど、公務員で厳格な父は反対した。そんな弱気なことでどうする、学校へ行け、いじめなんてやり返さないからいじめになるんだ。やり返せば対等な喧嘩になる、むしろお前がいじめてやればいい。人間は強い者に従う動物だと言って、僕を無理矢理学校へ行かせようとした。母にも、そもそもこれぐらいのことで親が出て行くのも間違いだ。学校での問題解決は、教師の仕事だと言って」

颯太郎を父に持つ士郎にとっては、一人っ子同様に理解ができない新川の苦悩だ。

「結局、それがきっかけで両親は離婚した。母は僕を連れて実家の側へ引っ越した。僕は、ずっと母に謝った。自分にもっと勇気や強さがあったら、こんなことにはならなかったと思ったから」

学校で受けたいじめがもとで、これまでなかった亀裂《きれつ》が家庭にまで入る。

本来あったはずの居場所を追われ、持って生まれた権利まで奪われていく。

「ただ母は、離婚は僕が理由じゃないって、いつも笑ってくれた。むしろ、我が子が他人をいじめて来るような子供だったら、どうしていいのかわからなくなった。愛せなくなったかもしれないとも言って、逆にホッとしてた。もちろん、いじめられる前にどうにかできなかったのは、自分の責任だ。母親として目が行き届かなかったと後悔して謝ってくれたけど……」

それでも新川は、カップに残ったコーヒーに視線を落として、再びふっと微笑んだ。

「そして、父に愛情がなくなったのは、今になって自分とは住んでいた世界が違うとわかったから。自分にとっては、言葉や心の通じない宇宙生命体だったことが発覚したから逃げただけ。気にするなって言われた。そして、その後は二度と父親に会うことなく、母と暮らした。母にとっては、大好きで結婚したはずの父の主張が自分とは違いすぎたことが、一番の修羅場《しゅらば》だっただろうに——。まあ、それを言ったら、父も同じだったのかもしれないけどね」

士郎に聞かせていると言うよりは、自分の気持ちに整理を付けているようだった。

すべてをはき出すことで、今一度心の再生をはかろうとしているのかもしれない。

「ただ、そのとき——。このままじゃいけない。自分が母に守られるだけでなく、頑張らなきゃいけないとは思った。父のように、力でどうこうは賛同できなかったけど。それ以外にどうにかできないか。やりようがないかと、意識して考え、行動するようになった」

士郎はそのまま耳を傾けた。

エリザベスもじっと伏せたまま、時折耳をぴくんと動かすに止まっている。

「でも、やっぱりどこへ行っても、いじめる子はいたし、いじめられる子はいた。中でも見て見ぬふりをする子が一番多くて——、中学も高校もそうだった。大学でも、アルバイト先でもそれは同じだ。思い切って海外を旅したこともあったけど、不思議なぐらいある程度の人数である程度の期間を共に過ごすと、同じような現象が起こった。比率の変動はあっても、似たり寄ったりだ。何かしらの思いがあって力の誇示《こじ》に走る者、それに従う者、逆《さか》らう者、見てみないふりをする者。もしくは無関心。この図式だ」

いじめを発端にして芽生えたであろう、新川の疑問。

そして、探し求めて行き着いた答え。

円能寺から三年遅れを取って教職に就いたのは、新川にとっては不可欠な時間で、貴重な人生の学びだったのだろう。

「——それに気づいたら、人間社会ってこういうものなんだと開き直れた。誰もが同じ人間じゃない。個性や思想、育ってきた環境差から生《しょう》じる善悪、価値観もあるから、それに従い自分がよしと思うほうへ進んでいくなり、ときには流されていくのは仕方がない。他人のそれをうまく受け入れたり、認めたり。また、場合によっては躱《かわ》したり、やり過ごして逃げたりするには、心の強さの他にも柔軟性が要《い》る。運や人との巡り合わせや、いろいろなものが必要なんだろうな――って。もちろん。口で言うほど簡単ではないけどね」

似たような発言、同じような発信をしてきた者は無数にいるだろうが、これは新川自身の経験からたどり着いた哲学であり、彼だけの理念だ。

そしてそれらが新川の強い理性を生み出し、育て、ここまで来た。

円能寺との再会がなければ、今になって再び傷つくことも、理性が壊れることもなかっただろう。

だからこそ、本人も口にしたのかもしれない。

運や人との巡り合わせは――口で言うほど簡単ではないと。

「先生は、だから教師になったんですか？　僕たち子供に、自《みずか》ら学んだことを教えるために――」

士郎が初めて質問をすると、新川は精一杯の笑顔を浮かべてくれた。

「そんな立派な考えじゃないよ。理由は、僕と円能寺先生が通っていた小学校には、父のような考え方、そして日和見《ひよりみ》な先生が多かった。誰一人、その場から逃げることでしか自分を守れなかった子供の気持ちを理解できる、理解しようとする先生がいなかったからだ」

しかし、その目には次第に涙がたまり、笑みを浮かべたはずの頬を伝って流れ落ちる。

「ただ、今にして思えば、逃げられた僕は幸せだし、とても運がよかった。それさえできずに、追い詰められていく子供たちが今の世の中には多すぎる。本当に、どうしてなんだろう？　それとも昔と違って、入ってくる情報が多いから、そう感じるだけなのかな？」

「新川先生」

「もっとも、こんなことを口にする権利は、僕にはもうない。どんな理由や事情があるにしても、人として超えてはいけない域がある。持ってはいけない感情がある。ましてやそれを大事な生徒に見られて、指摘されて気づくなんて——」

新川の悔恨《かいこん》は、無念は、すべて彼自身に向けられていく。

彼が、自身を支えるべく築き上げたはずの理念が、誰より彼自身を追い詰めてしまう。

「え〜？　なんのことですか〜？」

ただ、だからこそ、士郎はとぼけた顔で言い放った。

オレンジジュースで満たされたグラスを手にして、わざとストローでチューと吸い上げた。

「!?」

そうしてゴクリと飲み込むと、グラスを置いて姿勢を正す。

「今日は先生のお話が聞けて、僕はとっても勉強になりましたよ。改めて充功に、家族に感謝する気持ちも増えました。何より合宿のことで、勝手に家に電話されたり、家族の悪口を言われたり。僕のゴールデンウイーク明けに予定が決められていることもわかりましたので、大変助かりました。これはどうにかしなきゃです」

「士郎くん……？」

士郎の隣で釣られたように起き上がり、姿勢を正したエリザベスの首を撫でる。

「僕が思うに――ですけど。先生は我慢しすぎたんですよ。一度はいじめから逃げることで打ち勝った。いやなことはすべて振り切ったつもりで、芽生えたはずの罪悪感を自分の中で消化した。それ自体はすごいことだと思うし、僕は尊敬します。誰も憎まないように努力したことが伝わってくるから――」

今度は僕の番ですと言わんばかりに、士郎は自分の感想と意見を述べた。

「そして、円能寺先生のことだって、どうにか理解しようとした。昔のことより、希望ヶ丘小学校に来てから、頑張っている姿のほうを重視して、何より円能寺先生を慕っている生徒の気持ちを大事にしてくれた。実際、先生が円能寺先生に何か言ったり抗議するときは、生徒を思ったときに限られてるし。決して自分自身が怒った、腹が立った感情からではないでしょう。でも、一度ぐらい、生徒のこともすっ飛ばして、素《す》で怒ってもよかったんです。生徒のために怒るんじゃなくて、同じ教師として、人間として〝馬鹿を言え〟って。〝そんな話があるか〟って」

その姿は確かに小学四年生だが、凛とした真っ直ぐな眼差しには、新川の姿をはっきりと写している。

決して反らされることはない。

「それこそ、昔の話を引っ張り出して責めてもいい。あのときの恨みは忘れてない。僕をいじめたお前が、先生になるとかありえない。ましてや、子供のいじめ問題を我が物顔で語るなんてもっての外《ほか》だって、公衆の面前で言ってやればよかったんです」

「――」

黙って聞き入るも戸惑うばかりで、新川は返事を返せずにいる。

おそらくこんな形で、他人との争いを嗾《けしか》けられたことがなかったのだろう。

言い方こそ違うが、士郎が発した言葉は、かなり新川の父親寄りだ。

ただ、寄っているのは〝対等な立場で喧嘩をしたらいい〟ということで、決して力尽くで相手をねじ伏せろ、屈服させて従えろとは言っていない。

しかも、最後の最後に本音も明かす。

ここまでの話はあくまでも理想で、この先が現実だ。

「あ、もちろんこんなこと、先生にはできないって承知してますよ。これは勇気とか、そういうことじゃなくて、先生のポリシーだと思います。人柄というか、価値観というか。何をどうしたところで、人として口にしたくないことがある。それを頑《かたく》なに守ってるんだろうなって。けど――」

士郎も、これはどう説明していいのかわからない。

しかし、人によっては簡単にできることが、難しいと感じる人もいる。

どうってことないと思えることに、重みを感じる者もいるのだから、仕方がない。

だから十人十色、同じ人間は二人といないのだ。

「――けど、行動に出るまで我慢するぐらいなら、だよね」

士郎の思いが通じたのはいいが、新川は更に反省してしまった。

「私自身が、ちゃんと自分のコントロールができていなかった。いつの間にか我慢が、騒動を起こさないことが美徳だと信じて、穏便《おんびん》に済ませようとしていた。そもそも、それが通じる相手なら、こんなことになっていないのに……。僕は、結局自分がいやなことから逃げ続けていた。昔も、今も……」

士郎は、どうしたら新川は自分を赦《ゆる》すことができるのだろうか？　と思った。

昔はともかく、今この場で新川を苦しめているのは、新川自身だ。

円能寺に殺意にも似た憎悪を抱いた自己嫌悪だ。

「新川先生。僕は、先生のことが好きです。僕や樹季や、武蔵や七生のためにも、ずっと希望ヶ丘小学校にいてほしいと思ってます。できれば他学校には行ってほしくないし、それが公務員の規則的に無理でも、今日のことでは絶対に先生をやめないでほしいです」

しかし、どれほど士郎が思い悩み、考えたところで新川には伝わらない。

だから、言葉にするしか方法がない。

「士郎くん」

自分が新川という存在を失いたくない、できることならずっと側に居てほしいという気持ちを。

では、そのためにはどうしたらいいのか、自分なりに考えてみた結果を——。

「そこで僕から提案です。先生が、もし今日の自分が赦せないなら、その気持ちを解消することを今後の宿題にしませんか？」

「……宿題？」

「そうです。次に円能寺先生に対して何か気に入らない、赦せない、あり得ないと思うことが起こったら、それを言葉に出して指摘するんです。それも、なるべく人前で。教員室とか休み時間の廊下とか理想的です。とにかく周囲に対しても、僕はこいつのこういうところがいやだ、赦せないんだって宣言したらいいんです」

士郎は、やはり一度は当たって砕けろを推奨《すいしょう》した。

本当の意味で円能寺への憎しみを断ち切る、過去の呪縛《じゅばく》からきっぱり逃れるには、これが一番手っ取り早いと心から信じてのことだ。

「その結果、もしかしたら新川先生のほうが、校長先生に怒られてしまうかもしれない。想像も付かない騒動になって、なんらかの責任も取らされてしまうかもしれない。でも、正々堂々と気持ちをぶちまけた結果なら、すっきりするような気がします。どこの誰が赦さなくても、先生自身は自分を赦せるって。もちろん、僕はそれ以前に味方ですし、こうして唆《そそのか》している限り応援しますけど」

もちろん、ある程度のリスクは想定していた。

どう考えても、新川が理《り》の通らない話で突然喧嘩を売ることは考えられないが、それでも相手は円能寺だ。

あれこれ言い合ううちに、新川のほうが不利になるかもしれない。

周囲もそれに騙され、職場では後輩の新川が怒られる可能性はゼロではない。

ただ、それでも思い余って、相手に手を出すよりは健全《けんぜん》だ。

そのままつかみ合い、殴り合いになったとしても、校内なら誰かが止める。衝動的に相手を車道に突き飛ばすよりは、絶対に安全なはずだ。

「とにかく、何かやってみなければ変わりませんよ。ただ、やり過ぎて変な逆恨《さかうら》みをされるのは本意ではないので、相手の血管《けっかん》が切れる前にさっさと逃げてください。そして最後に〝あー、どうしてこんなことを言ってしまったんだろう！　先生が素晴らしい人だってことは、誰よりわかってたはずなのに〟って、嘘も方便で大げさに言ってください。円能寺先生のタイプは、最終的に自分の存在意義が他人に認められれば、けっこうそれで満足します。部活顧問を頑張ってるのも、僕を合宿に行かせようとしているのも、結局そのためだと思うので」

その後も士郎は、暗躍《あんやく》する参謀《さんぼう》のごとく、新川に入れ知恵をしていった。

「あ、でもその前に。まずは僕が、休み時間ごとに合宿用の勉強を教えてください攻撃をして、気力を奪います。サッカー部のみんなにも協力してもらって、とことん練習に狩りだして、体力を奪います。だいたい無駄にエネルギーが有り余っているから、余計なことまであれこれしようと思うんです。自分から首を突っ込んで、構って構ってになるんでしょうから、根を上げるまで構い倒したら、少しはおとなしくなると思うんですよね。円能寺先生は、根本的に子供のエネルギーを舐めてかかっているところがあるので」

突き詰めていくと、新川に任せきりでは気が収まらなくなったのか、自分も参戦することを宣言した。

こうなったら、晴真や優音たちサッカー部も利用し、使える者は何でも使う悪代官《あくだいかん》ぶりだ。

ただ、さすがにここまでくると、新川も「ぶっ」と吹き出した。

「どうかしましたか？」

これはこれで、まったく違う意味で目が覚めたようだ。

新川が、涙を零しながらも、肩を震わせている。

「いや、ごめんね。なんだが、今の話を聞いただけで赦せたよ。自分も円能寺先生も」

「新川先生？」

「だって、士郎くんの教えて攻撃のすごさは、僕も経験済みだよ。入学したての一年生に、最初に聞かれた質問が〝ルシャルトリエの原理について〟だ。それが四年生の今なら、何を聞くの？　困らせることを前提にしてるんだったら、現役の大学院生でもすぐには答えられないような題材を集めて聞くんでしょう？　それも休み時間ごとに追いかけ回して」

これまで共に過ごしてきた生徒との思い出が、屈託のない笑顔が、新川の張り詰めた気持ちを解いたようだ。

自分を赦すということの大切さにも、気がついたらしい。

「その上、晴真くんたちからも部活を口実に全身運動の強要だ。下手したら一日中わーいわーいで走り回ってる子たちなのに——。もう、想像しただけで苦行《くぎょう》だよ。引っ込みが付かなくなった円能寺先生の蒼白《そうはく》顔が、想像できるだけに可笑《おか》しいって」

「先生……」

「——ありがとう。士郎くん。そして、ごめんね」

新川は、溢れ落ちる涙を止めることができなかったが、それでも面と向かって士郎に笑みを浮かべた。

「僕は、衝動に駆られた僕を本気で止めてくれた、君の悲しそうな顔は一生忘れない。晴真くんを正したように、心から僕を正してくれた君の優しさを、言い尽くせない思いを忘れない」

「クォン」

「エリザベスも……、ありがとう。本当に、ありがとう。でも、ごめん――」

その笑顔を受け止めた士郎も、やっと心から安堵した。

3

翌日のことだった。

士郎は早朝から庭先へ出ると、隣家の庭で寛ぐエリザベスに向かって話しかけた。

「仮に新川先生が赦したとして――、僕個人が円能寺先生を赦す必要はないよね？　勝手にプライベートに踏み込んできたり、家族を悪く言ったりすることに対しての仕返しぐらいはしたって、罰は当たらないよね？　エリザベス」

「クォン？」

昨日からエリザベスの首輪に装着した受信機は、外されていなかった。

そこから発信され、増え続ける認識番号は、本体に記録されてエリザベスの感情表現が主に何パターンぐらいあるのかを継続して記録中だ。

「そうだそうだ。やっちまえーって。エリザベスもそう思うよね。あー、よかった。背中を押してもらって」

「クオン!?」

そして士郎は、今日も勝手な話をしながら、エリザベスの鳴き声や仕草で返事を連想。一見勝手な会話に聞こえるが、かなり的を射るようにはなってきたことを、確信し始めていた。

「勝手な解釈するなとか言わずに、そういうことにしといてよ。さすがにセブンズアタックレベルの報復なんてしないから。せいぜいチビムニのオムツ飛ばし程度の、可愛い仕返しだからさ」

それが証拠に、士郎が円能寺への復讐決意表明をすると、エリザベスは見てわかるほどソワソワしていた。

「もっとも、相手が何もしてこなければ、僕だって何もしないけどね——」

ニヤリと悪い顔を見せると、ちょっとビビった。

エリザベスは明らかに嘘がつけない、ごまかすのが苦手な性格のようだった。


「おはよう」

「おはよう」

士郎がいつものように登校し、教室へ入ろうとしたときだった。

その姿を見かけるや否や、円能寺が猛進してきた。

「士郎！　聞いて喜べ。例の受験合宿、ゴールデンウイークの翌週の週末、一泊二日だが特別体験ができることになったぞ」

相手が何もしてこなければ、何もするつもりもなかったのに――。

円能寺は自ら士郎の報復《ほうふく》スイッチをオンにしてしまった。

それも都合がいいことに、児童がぞろぞろと廊下にいる朝礼前のひとときだ。

「――えっと。それはどういうことですか？　合宿の話なら、僕は来年とか再来年に頑張るって言いましたよね？　先生もそれでわかってくれましたよね？」

士郎はいつになくおとなしめに答えた。

ちょっと首を傾《かし》げたりして、かなり樹季を見習っている。

「何を言っているんだ。せっかく予定を変えてまで合宿させてくれるんだぞ。喜んで受けたらいいじゃないか。特別待遇《たいぐう》だぞ」

「でも、僕はいやだって断ったし。父さんだって、僕の自由にしていいって……。先生にもそう説明したんですよね？　電話をもらったときに」

誰が見ても、明らかに普段の士郎とは態度が違っていた。

妙にオロオロしており、日頃の饒舌《じょうぜつ》さのかけらもない。

今し方、登校してきた晴真や優音もそれを見て、「士郎はどうしたんだ？」「具合が悪いのかな？」と、眉を潜めて心配している。

かなり困惑気味だ。

「そんな我が儘を言うもんじゃない。来年できるとは限らない勉強合宿なんだし、必ず士郎のためになる。それに、こう言っては何だが、お父さんは今の受験の難しさや大切さを知らないだろう？　お兄さんだって大学へは行かずに就職したそうだし——」

話が進むに連れて、足を止める生徒が増え続けた。

特に士郎と仲のよいクラスメイトや、同級生の顔も多くなってくる。

中には飛鳥《あすか》の姿もあった。

「——先生は、どうしてそんなに僕に勉強ばかりさせたいんですか？　これでも僕はちゃんとやってるつもりだし、結果も出してますよね？」

士郎は、ここだとばかりに、まずはリュックとは別に持っていたサイドバックを足下へ落とした。

「え？」

全身をふるふると震わせ、徐々に声を大きくしながら俯いた。

「それに……父さんは確かに大学へは行ってないけど……ちゃんと働いて……、僕たち兄弟を育ててくれてます。寧兄さんだって、一流企業に就職して……。どんなに仕事で疲れてても、家のこともやってくれるし。僕たちのことも見てくれる……。なのに、どうしてそんなに円能寺先生が、僕のいやがることばっかり言うのか、するのかわかりません！」

そうして、じわじわ両膝を折り、途中から一気にしゃがみ込んだところで、いっそう声を張り上げる。

「僕のことが嫌いなら、そう言ったらいいじゃないですかっ!!　無理矢理合宿に行かせようとしたり……。父さんや兄さんの悪口を言ったり――、ひどいよぉっっっ」

これぞチビムニのなけなしの抵抗ならぬ、兎田士郎のあり得ない抵抗・ギャン泣きだ。

かつて一度として使ったことのない、ある意味での究極技。恥と外聞《がいぶん》を引き替えにして初めて発動できる、士郎としても御年《おんとし》十歳が限界だろう――二度と使いたくない、子供を盾に取った泣き脅しだ。

「しっ、士郎!?」

「嘘！　士郎くん、どうしたの!!」

「ちょっ！　なんで、士郎が泣いてるんだよ！」

「先生！　士郎に何したんだよ！」

これには円能寺も真顔で驚いた。

だが、それ以上に晴真や優音、士郎のクールで強靭《きょうじん》な精神を熟知している幼馴染みたちのほうが驚いたらしく、驚愕と激怒の声が同時に上がった。

士郎本人も初めて使う技だが、想像以上の効果だ。

「いや、先生は何もしてないよ。ただ、士郎のためにと思って」

「うわーんっっっ。円能寺先生が、僕が合宿に行かなかったからって、いじめるぅっっっ。勉強ばっかりさせて、逆に馬鹿にしようとしてるよぉっっっ」

こうなったら、後へは引けない。

士郎はとことん手に負えないときの樹季の真似をした。

身内に見本があるとはいえ、子役顔負けのひ弱な泣きっぷりだ。

しゃがみ込んだときに目薬をさしたタイミングだけは事前に練習済みだが、このまま劇団に入れそうだ。

「お父さんや寧兄さんが大学に行ってないって馬鹿にして……ひっくっ。僕のことが嫌いだからって……、お父さんや寧兄さんのことまで悪く言って……。うわーんっっっ」

「し、士郎くん!!」

しかも、ここに「今日はハンカチを忘れちゃったから、ランドセルを置いたら借りに行くね～」と言っていた樹季が現れるのも計算済みだ。

「あ、樹季」

「晴真くん！　どうして士郎くんが泣いてるの!?　士郎くん、家でも泣いたことなんてないのに、どうして泣いてるの!?　誰が士郎くんのことをいじめたの!?　ひどいよ、ひどいよ、ひっどいよぉっっっっ!!」

　樹季は初めて見る士郎のギャン泣きに驚き、なおかつあまりにショックだったのか釣られるように大泣きした。

　こうなると、ざわめきがいっそう増す。廊下の一部はカオスだ。

「樹季くんっ」

「円能寺先生、本当にひどいよ！　どうして士郎のこと泣かしたんだよ!!」

「そうだよっ！　合宿に行かないから、士郎くんのこと嫌っていじめるって、わけわかんないよ！」

「お父さんやお兄さんの悪口まで言うとか、ふざけんな！」

「士郎や士郎のお父さんたちが、先生に何したって言うんだよ！」

　士郎と樹季を慰めつつも、晴真たちがいっせいに円能寺を責める。

　士郎の報復劇も、いよいよクライマックスに突入だ。

「いや、だから！　誤解だ!!　俺はそんなつもりで言ってないし。士郎のことは大好きだし！」

「嘘だっ。好きじゃないから、意地悪するんだっ」

「しっ、士郎くん！」

「円能寺先生！　これは何事ですか!?」

騒ぎを聞きつけ、教員たちが駆けつけた。

中には当然、新川もいる。

「うわーんっっっ。もういやだーっ。勉強なんかしたくないよぉっっっ」

士郎はわざと、体操服が入った軽いサイドバックを新川のほうに投げつけた。

それを拾った新川が、慌てて士郎の側まで駆け寄ってくる。

「落ち着いて。落ち着いて、士郎くん。とにかく一度、保健室に行こうか。顔を洗って、お水でも飲んで——、ね！」

「そんなこと言って、新川先生も僕に勉強ばっかりさせる気でしょう！」

「しないから。安心していいよ。僕は無理矢理生徒にいやなことなんてさせないし、大丈夫だから」

「うわーんっっっ」

本気で心配してくれる新川には申し訳なさでいっぱいだったが、一度幕を開けたら、あとには引けないのが復讐劇だ。

ましてや自ら恥も外聞も捨ててかかったのだから、士郎は勝利を確信し続けるまで、騒ぎ続ける。

「とにかく、円能寺先生！　あとでゆっくり話を聞かせてもらいます。主任や校長たちにも立ち合ってもらいますので、首を洗って待っててくださいね！」

「――っ‼」

ただ、士郎が意図する幕引きは、一番願った形で叶った。

新川は、これこそ赴任以来、誰一人聞いたこともないような怒声を上げて、士郎をその場から保健室へ誘導した。

樹季のほうは、担任が駆けつけて教室へ連れ戻る。


四年生の教室がある二階から、保健室のある一階まで降りても、円能寺への非難の声は聞こえていた。

「士郎くん。大丈夫?」

新川はいつになく険しい顔つきで、士郎の様子を窺っている。

昨日の今日だけに、自分もこの状況に対して責任を感じているようだ。

「ごめんね、士郎くん。こんなことなら、先生が昨夜のうちに円能寺先生にきつく言っておけばよかった。今日にでも、校長先生を交えてなんて思っていたのが、間違いだったよ」

士郎の胸が痛くなるほど、新川は真面目だ。

どこか律儀《りちぎ》なエリザベスとかぶるものがある。

とはいえ、ここまでやったら新川に対しても、変な気は遣わない。

士郎は「はー」と溜息を漏らすと、新川の顔を見上げてニコリと笑う。

「騒いだら喉が渇いちゃいました。お水をもらいますね」

「え!?」

保健室内の水道で水を汲《く》むと、泣き真似しすぎて、本当に乾いている喉を潤した。

「すごかったですね、新川先生。ちゃんと言えたじゃないですか。円能寺先生に向かって、首を洗って待っとけ！　とか。超カッコよかったですよ」

「——士郎くん？」

新川は一瞬キョトンとした。

「あ、今のは僕個人の仕返しなんで、先生は気にしないでくださいね。そして、このあと正当な理由で円能寺先生のことを叱ってください。実際、円能寺先生に言われたことも、やられたこともひどいと思うし。僕はそれに対してぶち切れた十歳児らしい反応を示して見せただけですから」

すぐに士郎の説明を理解し、「うわ！　やられた」と、大げさに返してきた。

と同時に、思わず円能寺を相手に本気で叫んだ。これまでの中で一番堂々と怒りを露わにできたことで、昨日以上にすっきりしたことを実感しているようだ。

一度はもういいか——となった士郎からの宿題も、無事にクリアだ。

士郎もそれが嬉しくて、新川とハイタッチ。

目薬でダラダラになった顔を洗って、完全な復讐劇の終了だ。

少なくとも、第一幕は——。

「あと、先生たちが円能寺先生をこってり叱ったあとには、僕もちゃんと仲直りしますよ。この時間に新川先生から、円能寺先生は円能寺先生なりに君を思って——的なことを言われて納得したってことにします」

なぜなら、士郎の復讐劇には、すでに予告済みの第二幕があるからだ。

「そして、僕にも誤解があったようなので、一泊二日の合宿にも参加します。その代わり——ってことで、しばらくの間、勉強教えて攻撃をしますんで、そこは新川先生も協力してくださいね。士郎くんに教えられるのは、円能寺先生だけですよ～とかって、口裏を合わせてくれればいいので」

「え？　士郎くんの仕返しって二段責め。あ、サッカー部を巻き込んでの練習を入れたら、三段責めなんだ……」

これには新川も、笑って済ませられる気分ではなくなってきた。

士郎を泣かせ、樹季を泣かせての大騒動のあとだ。円能寺本人に拒否権などないも同然だが、士郎の質問攻めは冗談抜きで教師泣かせだ。

おそらく、無我夢中でサッカーに明け暮れるほうが、精神的には楽かもしれない。

だが、やると決めたら何事も半端《はんぱ》ない士郎は、更に不敵な笑みを浮かべる。

「いいえ。今日の噂の広がり方次第では、父さんファンと寧兄さんファンのPTAからも睨まれると思うので、最終的には四段責めですかね。――あ、でも、これは先生と僕だけの秘密ですよ。円能寺先生が改心さえしてくれたら、ちゃんと僕自身が責任を持ってフォローしますし。最後はみんなで仲良く大団円を目指しますから、随時ご協力、よろしくお願いしますね」

これには新川も顔が引きつった。

「では！　僕は一度樹季のとこへ行って、フォローしてから教室に戻ります」

「――了解」

自業自得とはいえ、若干円能寺にも同情が起こった。

＊＊＊

その日の夜のことだった。

夕飯を終えた八時過ぎ――樹季と武蔵は二人で風呂に入っていた。

七生を抱えた寧は、双葉や充功とリビングで寛ぎ、颯太郎はキッチンでまだ用事を足している。

そんな中、士郎は一人でダイニングテーブルでノートパソコンに向かっていた。改造したワンワン翻訳機で収集した、エリザベスの反応データ解析に根《こん》を詰めていたためだ。

するると、三人掛けのリビングソファで寛ぎ、テレビを見ていた充功が大きな溜息をついた。

「それにしても、今年一番のビッグニュースはもう、これだよな。士郎が学校で泣いたとか——。最初に聞いたときにはなんの冗談か大怪我かと思ったぜ」

そう言ってぼやきながら、横目でチラリと士郎を見てくる。

隣に座っていた双葉もクスっと笑う。

「いやいや。それは意図した嘘泣きだって聞いたら、そこまでのニュースじゃない。むしろ、登校直後に起こった話が、一時間目の授業を終えたときには充功どころか俺のところまで伝わってくるんだって証明されたことのほうがビックリだ。メールとかＬＩＮＥ《ライン》とかあるとはいえ、すごすぎるだろう。家庭内の連絡用にスマートフォンや携帯電話を持たせている親が多いのはわかるけど、発信元が現場を見た小学生のはずなのに拡散《かくさん》されすぎだよ」

双葉も感心しきりに話し始める。

そう——。小学校で起こったはずの一騒動は、たったの数時間のうちに士郎の予想を上回る結果を出していた。

今朝の話がある程度のところまで拡散されるには、数日はかかるだろうと踏んでいたのに、昼休み前には行き渡ってしまったのだ。

「確かにね。そう言われたら、双葉から連絡を貰った俺は、まだ普通のビックリだったかも。充功や双葉に知らせてきたのが各同級生で、なおかつ父さんに知らせてきたのが担任や学校の先生でなくPTA会長からって、どんな情報経路をたどったのかなって思うよね。特に父さんのところは」

膝の上でゴロゴロして甘える七生のお尻をポンポンしつつ、寧もいつになく苦笑いだ。

何せ、一時間目が終わった辺りで会社にいる寧から、武蔵を幼稚園に送り終えて仕事にかかり始めた颯太郎のところまで一気に話が回った。

士郎が想定していた伝達順さえ無視して、話のゴールが颯太郎になってしまったのだ。

これには誰より士郎自身が一番驚いている。

専用のノートパソコンは颯太郎からのお下がりで持っているが、スマートフォンの類《たぐ》いは持っていない。物事を見聞きした瞬間に情報を飛ばす者たちのパワー、そしてそれを拡散していく光の速さを改めて知ったと思ったほどだ。

これは本当に侮《あなど》れない――と。

「だよね。しかも今のPTA会長って、市会議員の従姉妹《いとこ》で教育委員会にもツーカーだし。切れた士郎が半日もふてくされないで、問題の先生と仲直りだけでなく、フォローをする羽目になったってオチが怖いほどよくわかる。さすがに四方八方から〝何してんだお前は！〃って突かれたら、熱血教師もオーバーヒートだ。士郎もやりすぎたかって思わされるだろうしな」

そして、本日の結末は双葉がぼやいてくれたとおりだ。

士郎としては円能寺が、この二、三日ぐらいは新川や他の先生たちからお説教されたらいいと思っていたが、あまりに早く話が教育委員会まで届いてしまったがために、校長や教頭たちが苦笑い。

一気に燃え尽きた円能寺に、新川までオロオロしてしまったことから、仲直り作戦を昼休みには決行することになった。

瞬時に立ち直った円能寺の方向違いな精神力には、士郎も失笑するしかなかったが……。

それでも校長たちが胸を撫で下ろしていたので、今日のところはよしとした。

「全部計算尽くの短期決戦・完全勝利な気はしないでも無いけどな」

充功はニヤニヤしながら、これも士郎の想定内だろうと言ってきたが、残念ながら――だ。

第四幕に予定していたキャスト、お偉《えら》いさんたちが勝手に前倒しで一幕に乱入してきたところに、颯太郎や寧の人気度が窺える。

だからといって、これですべてを終わらせる気はない。士郎は新川に言ったとおり、明日からは第二幕、三幕を開演する予定だ。

無邪気な子供たちによる〝先生教えて&先生一緒にやってください〟攻撃だ。

「まあ、だとしても——。元の話に尾ひれを付けたのは、父さんや寧兄さんの話まで持ち出してきた相手が悪いってことで。士郎だって、そこまで触れられなければ、わざと大騒ぎしてまで〝ひどい！　ひどい！〟は、やらなかっただろうし。人間誰しも、絶対に踏まれたくない地雷はあるってことだよな」

すでに士郎が円能寺を許したものだと思っている双葉には申し訳ないが、士郎はやると決めたらやるのだ。

理由は双葉の言うとおり——円能寺がこれだけは踏むなという地雷を踏んだだけだ。

「まあまあ。もう済んだ話ってことで。父さんや寧は信念を持って今の道を歩んでいるし、円能寺先生には円能寺先生の信念があるんだから、それでいいと思うよ。どんなに悪気が無くても、言い方一つで悪く取られて大騒ぎになるっていうのもよくわかりましたって、謝ってくれたし」

キッチンでの用を終えた颯太郎が、双葉と充功を諫《いさ》めにくる。

「でも、その悪気のなさが一番の悪だってことは、きっと一生気づかないタイプそうだよな」

「充功」

——本当に。

きっと颯太郎も内心はそう思っているだろうが、ここでは徹底して諫め役だ。

家庭内で保護者が子供と一緒になって先生を悪く言えば、自然と子供の学校での態度が悪くなる。

場合によっては、教師を舐めてかかるようになるのは、これまでの育児や保護者同士の付き合いからも十分学んだ。

だから颯太郎は、何か問題があると感じれば、直接学校に問いかけるし、先生とも話し合う。決して子供と一緒になって、悪口大会はしない。

ただ、それを見てきたからこそ、士郎は余計に円能寺に腹が立った。

円能寺自身も、颯太郎の方針を知る者たちを怒らせることになってしまったのだろう。

いずれにしても、今後の反省と改心を祈るばかりだ。

「それより、樹季と武蔵もお風呂から上がる頃だし、頂《いただ》き物のデザートを食べようよ。いろんな人が心配して、士郎にって持ってきてくれたのがたくさんある」

颯太郎の意思を優先したのか、寧が話を切り替えた。

「有り難いことだね」

「うん。今度まとめて、お礼がてらホームパーティーでも開く？」

「そうだね。考えとこう」

寧と颯太郎が顔を見合わせ、いったんキッチンへ向かう。

頂き物のケーキやプリンを出して、士郎にも「こっちで食べよう」と声をかける。

「わーい！　ケーキだケーキ!!」

「ケーキ！」

リビングテーブルに数種類のケーキとプリンを並べたところで、樹季と武蔵も風呂からでてきた。

火照《ほて》った頬をさらに火照らせ、喜び勇《いさ》んで「いただきまーす」だ。

誰が何を選ぶかの優先順位は、暗黙のうちに下の子たちからと決まっている。

最初に颯太郎や蘭が「寧から選んでいいよ」と言ったところ、次から寧が「双葉からいいよ」。双葉が「充功からいいよ」と、下へ下へ引き継がれて武蔵まで恙《つつが》なく「七生からいいよ」だ。

「ひっちゃは？」

そうして末端まで行くと、見事に一巡回る。

これは兄弟の誰も言ったことがなかったので、七生のオリジナルだ。

おそらく、武蔵から「いいよ」と言われたのを真似ているのだろうが、上からの流れがまだ理解できていないのもある。

「七生と同じのにしようかな」

「あい！」

しかし、ここで寧が「七生からでいいよ」などと言おうものなら、延々と誰も選べなくなる。

なので、この寧の返事は至極正しい。

そして七生がイチゴのショートケーキを選ぶと、小さな手でイチゴを摘まんで、

「しっちゃ。あーんって」

ニコニコしながら士郎に差し出した。

「珍しいな。七生が僕にくれるなんて」

少し驚きながら、士郎が口を「あーん」する。

士郎に食べて貰うと、さらに七生はご機嫌になり、膝の上にちょこんと座った。

今度は士郎に「食べさせて〜」と甘えねだる。

寧っ子の七生にしては、たしかに珍しい行動だった。

「七生にもこのケーキが誰に、なんのために届けられたのかわかっているってことじゃない？」

士郎に「あーん」してもらい、満足そうな七生を見た寧が、自分もショートケーキを食べながら七生心理を予想する。

「そうそう。父さんに連絡が来たときなんか、七生が大泣きしちゃって大変だったんだ。電話の内容が聞こえてたみたいで、しっちゃしっちゃって。そしたら、七生の泣き声に反

応したのか、隣でエリザベスまで吠え始めるし。それに共鳴したのか、ご近所界隈の犬まで吠え始めて――。本当、これはこれでひと騒動だったよ」

颯太郎も同じ意見だ。

「七生とエリザベスが……そうなんだ」

これはこれで、連絡網が回ったということだろうか？

士郎は、生クリームを口元に付けて、「ふへへ」と笑う七生を見ながら、ちょっとファンタジーな想像に駆られた。

〝うわーんっ！　しっちゃが学校でいじめられたよぉーっ。先生にいじめられた！〟

〝なんだとワン!?　七生、それは本当かワン!?〟

〝うわーんっ〟

〝本当みたいだぞ、エリザベス！　学校の裏の犬たちも、すごい騒ぎになってるって、吠えてるワンよ！〟

〝そうなのか、ポメ太！　許せないワンね！　俺に任せろ、七生!!〟

〝えったんっっっ〟

思わずフッと笑ってしまう。

今後の円能寺が、町内中の犬から吠え立てられそうだが、士郎的にはワンワン翻訳機作りに力が入りそうだ。

「ごちそうさまでした！」

機嫌よくケーキを食べ終えると、「ありがとう」と七生の頭を撫でてハグしてから、作業途中のダイニングテーブルに戻る。

「美味しかった！」

「僕もごちそうさま」

「樹季、武蔵。歯磨きを忘れないようにね」

「はーい」

そうして一人一つずつケーキを食べたら、残りは明日のお楽しみだ。

残数がどうであろうが、やはり上から「いいよ」「どうぞ」「じゃあ分けよう」になるので、この手のお菓子関係では、もめたことがないのが兎田家だ。

むしろ弱肉強食現象が起こるのは、朝夕の二食。充功と樹季の野菜嫌いに巻き込まれた士郎が、タンパク源を奪われないように戦っているときのみに限られるかもしれない。

「みっちゃん。寝るまでカードバトルしようよ」

歯磨きを終えると、樹季と武蔵がいつの間にか増えたカードを持って声をかける。

「ルールなんかしらねぇよ」

「すぐに覚えられる簡単なのがあるよ」

「みっちゃん、ムニムニ好きでしょう。ムニムニカードだけでできるルールもあるんだよ！　誰が一番弱いムニムニカードを引くかっていう、最弱バトルゲーム！」

「なんだそれ？」

断るよりも先に好奇心をくすぐられたのか、充功もカードが広げられたテーブルに着いた。

「よくわからないけど、変な意味で奥が深いゲームみたいだね」

「そうらしい」

それを見た寧と双葉も、どれどれと一緒になって覗き込む。

「なっちゃもーっ！」

「じゃあ、七生はみっちゃんの代わりにカードだけ引いたらいいよ」

「あいちゃ！」

充功の膝にちょこんと七生が座ったところで、颯太郎がその様子をスマートフォンで激写。

士郎が使わなかったにも関わらず、見本カードをそのまま譲ってくれたイラストレーターたちに、お礼の言葉と共に送っていく。

「あ！　ブラックムニムニだ！　みっちゃんの負け」

「――は!?　なんでこんな弱っちいモンスターにまで、極悪そうなのがいるんだよ!?」

「知らなーい」

「見てみて。やっぱり、チビムニ可愛いよー」

「きゃーっ」

わいわいキャッキャと、今夜も兎田家は賑やかだった。

そして四男・士郎は――、

(だいたい反応が絞れてきた。あとは、この番号を人間の言葉に置き換えて――と)

やはり、すっかり埋没《まいぼつ》しているのだった。


おしまい♪

コスミック文庫 α

大家族四男・兎《と》田《だ》士《し》郎《ろう》の喜《き》憂《ゆう》な日《にち》常《じょう》

【著者】 日向《ひゅうが》唯《ゆ》稀《き》／兎《と》田《だ》颯《そう》太《た》郎《ろう》

【発行人】 杉原葉子

【発行】 株式会社コスミック出版
〒154-0002 東京都世田谷区下馬 6-15-4

【お問い合わせ】 ―営業部― TEL 03(5432)7084 FAX 03(5432)7088
―編集部― TEL 03(5432)7086 FAX 03(5432)7090

【ホームページ】 http://www.cosmicpub.com/

【振替口座】 00110-8-611382

【印刷／製本】 中央精版印刷株式会社